A máquina de moer os dias

Wilson Alves-Bezerra

A máquina de moer os dias

ILUMI/URAS

Copyright © 2023
Wilson Alves-Bezerra

Copyright © desta edição
Editora Iluminuras Ltda.

Capa e projeto gráfico
Eder Cardoso / Iluminuras

Imagem de capa
Labirinto Juquery (2020), fotomontagem de Augusto Meneghin

Revisão
Cícero Alberto de Andrade Oliveira
Rebeca Mega

CIP-BRASIL. CATALOGAÇÃO NA PUBLICAÇÃO
SINDICATO NACIONAL DOS EDITORES DE LIVROS, RJ
A477vm

   Alves-Bezerra, Wilson, 1977-
     A máquina de moer os dias / Wilson Alves-Bezerra. - 1. ed. - São Paulo : Iluminuras, 2023.
     160 p.

     ISBN 978-65-5519-190-5

     1. Ficção brasileira. I. Título.

23-83246   CDD: 869.3
                                CDU: 82-3(81)

Mari Gleice Rodrigues de Souza - Bilbiotecária - CRB-7/6439

2023
EDITORA ILUMINURAS LTDA.
Rua Salvador Corrêa, 119 - 04109-070
Aclimação - São Paulo/SP - Brasil
Tel./Fax: 55 11 3031-6161
iluminuras@iluminuras.com.br
www.iluminuras.com.br

*Antes que eu morra, antes que eu mude de língua,
te escrevo estas linhas.*

Índice

PARTE I, 9
   A máquina

PARTE II, 57
   América

PARTE III, 97
   A morte

EPÍLOGO, 143

POSFÁCIO, 149
   Manuel da Costa Pinto

Parte I

A máquina

São Paulo, 22 de dezembro de 34.

M.,

tenho minha mala pronta, uma arma carregada e este bloco de papel.

Escolhi o bloco, deu para perceber. Se eu metesse uma bala na cabeça, não haveria nenhuma palavra dita a você; se eu viajasse, também não. Malas e balas nunca foram tão letais. Não restou outra alternativa a não ser ficar com o bloco. Um jeito de adiar as outras duas. Um jeito de dizer que a quarta (que no meu caso seria a boa) também não vem para me acudir: não tenho a máquina do tempo. Desgraçadamente não tenho. Seria a forma de tentar resolver o que foi para o vinagre.

Faz mais ou menos uma hora que voltei da sua casa e descobri que você foi embora. Não sei explicar direito, não sei. Eu achava mesmo que o plano ia dar certo, que era questão de tempo. Que a Organização estava coesa, que não haveria falha.

Agora não sei o que dizer ou fazer. Cheguei, tomei um copo de cachaça, fiz a mala, carreguei a arma e juntei o bloco de papel na mesa. Botei na mala o mínimo, mas não o papel, não a arma, não as balas — isso eu fui deixando do lado de fora, e foi aí que descobri que tinha essas três alternativas.

Eu não tenho um destino no espaço, só um destino no tempo. Preciso de uma porra de uma solução que resgate isso tudo, que desfaça o problema em que você há de ter se metido, que desenrede a trama em que já estávamos, que me resgate e reverta a hora em que tudo foi à merda.

Eu te falei: espera. Mais três anos e a gente soluciona o problema todo. A Organização podia dar conta, a gente sabia que ia dar conta. Você estava muito exposta, na boca do inimigo. Era suportar mais um pouco que a gente conseguia executar o plano, derrubava eles e tomava conta da situação. Eu te falei: cuidado com ele. E também: resiste o quanto for possível, dissimula, mas não bota tudo a perder. E agora, simplesmente não sei o que foi que aconteceu, como é que você foi embora de um dia para o outro. Ou, para falar a verdade, sei sim, e isso é ainda bem mais assustador.

Percebi que seu carro não estava lá quando passei. E foi questão de minutos para ele sair apressado, com a sua pasta e a pressa de quem sabe que tem tudo a perder. Entendi que o plano, que todos os planos foram abortados, e que ainda te perdi.

Não sobrou nenhuma chance. Toda a esperança estava posta nisso. E agora ficamos todos fragilizados. Puta merda.

Suspendi a carta para desligar todos os meus eletrônicos, para tirar todas as baterias, desativar todas as câmeras, todos os rastreadores. Desligar a central de controle da casa, os alarmes, os sensores, as fotocélulas, os telefones, os televisores, os refrigeradores, tudo o que emita bipes, acenda leds, capture imagens ou registre sons. Não tem mais um GPS à minha espreita.

Agora somos só o bloco, a pistola, a mala e eu. Não sei bem o que fazer, mas te escrever me possibilita atinar. Escrever à mão, essa coisa tão arcaica, me ajuda a desacelerar o pensamento. Escrever como no tempo da alfabetização, o cheiro da professora quando vinha me pegar na mão.

A outra coisa que também não sei é como te mandar esta carta. Não importa, o que mais me importa agora é escrever, ficar oculto por algumas horas e depois partir.

Vou parar por aqui e vou deixar a única pergunta que importa: por quê?

Itapecerica da Serra, 30 de dezembro de 34.

Encontrei casa nova no topo da pedra lisa. Encontrei um consolo na morfina. Sento para te escrever e não me preocupo mais com o desastre iminente das coisas. Apaguei minhas pegadas pela Terra nos últimos dias. Foda-se o plano. Nunca na história humana uma organização funcionou mesmo. Devia estar duro para você. Você só há de ter ido porque sua situação deve ter ficado insustentável. E não tenho o que fazer. Não tenho a máquina do tempo. Sério mesmo. Não consegui.

Júlio Verne está bem errado e enterrado, e até os fios da barba dele já foram chupados pelos vermes de Amiens. Sei que é o seu sonho, se eu ainda sonhasse seria o meu também. Nem adianta me dizer que quem escreveu sobre a máquina do tempo foi o H. G. Wells, porque tudo veio de Verne. Ninguém sonhou antes dele, tá certo? E não há outra máquina do tempo que a viagem do Fogg no sentido contrário dos fusos. Está tudo lá.

Enquanto eu te escrevo, com vagar, humanamente, com meus garranchos desconhecidos, com essa letra própria que redescubro diante do bloco pacificado de papel, sou de novo um homem do século dezenove e penso nos sonhos dele. Para que a série se acumule numa montanha de mensagens, para que a distância seja palpável, para que você se distraia deste jeito antigo e amigável.

Milena, eu não queria que você tivesse ido, mas queria ter podido ir com você. Impossível.

Fico te imaginando do outro lado do mar, do outro lado da montanha, do outro lado do rio. Não sei nem para que lado você foi. Mas você há de estar agora sentada num café, planejando um jeito de retomar o plano. Mas não, não tenho como te buscar. Não tem como ir incógnito até você. Nosso anonimato cultivado por anos, com cuidado e perspicácia, nossa única força, cai por terra ao peso de uma falha mínima.

Minha última fantasia, tenho que confessar para você, é ter uma solução ainda antes de você virar espuma, de a gente ser desbaratado para sempre, de a Milícia vir nos exterminar.

Da penúltima última vez, atabalhoadamente, nenhum de nós sabia que era a despedida. Uma vila de memória e de miséria, aqui, onde tudo ainda é como no século vinte. Queria que nunca fosse a despedida. Já éramos um grupo coeso, de desconectados, anônimos. De nós poderia partir a solução, mas aí você caiu.

Ler o Verne não está facilitando em nada as coisas para mim. Aquele homem escreveu lá em Amiens, comendo castanhas, frutas vermelhas do bosque, tomando licores digestivos, com uma mucama linda que fazia tudo para ele – e de noite, antes de sair do quarto, sussurrava para não interromper o trabalho do mestre: "*Bonsoir, Monsieur Verne*", e o velhote ficava doido. Sei que ele se acabava escrevendo aqueles romances gigantes sem ter nem uma máquina de escrever, mas a mucama marselhesa era tudo para ele. Trazia a tina de água quente para o escalda-pés. E ele sentia o cheiro do mar. E então ele falava mal dos ingleses como preferisse, da sua frieza, da sua indiferença. De manhã, tinha pães frescos, queijos, geleias e ainda mais frutas. Os homens eram ainda mais inúteis naquele século. Como a gente pode ser assim? Não fosse isso, a gente não tinha mandado você lá. Não teria tido nem sentido mandar você lá. Ia qualquer um. Mas não você. A gente é esse lixo.

De Verne, aprendi que viajar na direção contrária pode revelar algo, por isso vim ao interior. Enquanto imagino como e quando você saiu do país. Sua rota. Essa terra nunca te mereceu. Viajar sempre com afinco na direção contrária para acabar chegando lá. Essa contramão.

Houve uma época em que pensava como ia ser quando eu viajasse no tempo. Quando comecei a me inquietar com isso, ainda sem método, tinha as perguntas básicas: se eu toparia mesmo comigo. O duplo. Noutra vez, queria saber como ia ser ver meus parentes mortos, avós, bisavós, tataravós, mas logo me perguntava: quem seria eu diante dos olhos deles? Como era encarar os mortos e vê-los morrendo ainda uma segunda vez? Minha tia dizendo que dava tempo de ir buscar água durante o reclame e tendo o seu ataque cardíaco novamente. A morte duradoura.

Até que o presente no qual não se pode estar. A única esperança dissipada. A nossa terra em chamas, e você partiu. Toda piada perdeu a graça. O problema era de verdade. E não fosse a santa da morfina, menina, agora minha fala ficaria suspensa na ponta de uma faca.

O que tenho é medo. Queria ter podido viajar contigo, mas você nem me avisou. Decerto pensou que era mais seguro assim. Eu já sabia que esse era o código. Você estar aí sozinha justo agora, na hora mais complicada. De todo jeito, tenho certeza de que você está melhor aí do que aqui. Pioraram muito as coisas, e tenho certeza de que o que quer que você leia nas notícias não vai te dar a dimensão do que este lugar está se tornando. Foram só semana e pouco, sei, mas parece que o ritmo é vertiginoso. Só de longe é que escuto os tiros.

E fico pensando também: como é que vou poder chegar à invenção? Pensar na máquina do tempo é das coisas que mais me estimula agora, que não sobrou mais nada, porque estou mais perto de poder chegar a ela do que de encontrar alguém da Organização e, menos ainda, de conseguir uma forma de viajar até você.

Bom, vou ter que terminar por aqui, que não sei se nos trouxe mais para perto um do outro (se não trouxe, vai ficar para a próxima mesmo). Assovio na alma uma canção chamada "Hoje".

Adeus,

Itapecerica da Serra, 05 de janeiro de 35.

Milena,

hoje ainda me sinto feliz, estranhamente feliz. Já faz mais de vinte anos que a gente vive a crise, não é isso? Ou é mais? A gente se revolvia na incerteza, sobre tudo o que podia dar errado ou certo. Tinha medo, respirava fundo, se angustiava para responder quando alguém perguntava se estava tudo bem. Pois é. Acho que me esqueceram. Já faz duas semanas e tudo segue tranquilo. Também, se houvesse notícia ruim, como chegaria a mim? Não tenho mais um único aparelho de comunicação. Passo os dias aqui nessa quebrada onde ninguém se ocupa em vir, o único lugar verdadeiramente incógnito do planeta todo. Nem o pessoal da Organização conseguiu me achar. Talvez eles estejam pensando que parti com você, porque deixei minha casa horas depois de você ter deixado a sua. Ou acham que caí e, neste caso, não adianta mais se preocuparem ou virem atrás de mim.
No trabalho, podem se deleitar imaginando uma coisa ou outra: que morri, que fui preso, que fugi. E de todo modo sabem que não volto mais. E de gente como eu, como você, eles sabem, é melhor nem vir atrás.
Minha ruína me dá a inédita oportunidade de prosseguir de outro jeito. Tomei jeito. Não tomo morfina faz uns dias. Não por nada, é que acabou a que eu tinha. Agora me limito ao projeto da máquina, a única coisa que me resta. Evito pensar em você, para dizer a verdade, porque tudo o que eu tinha virou fumaça: a morfina, você e a Organização. E, na verdade, eu não tinha nada.

Bom, vou falar da máquina. Ela é o único plano. Se não posso viajar incógnito até você, sem que me registrem, me deslocar no espaço está descartado. E só viajando no tempo que te resgato. Se eu conseguir a forma de fazer isso, te acho de volta, e de quebra o plano da Organização ainda se salva. Só atingindo a Grande Véspera é possível triunfar. Disso já não tenho dúvida.

O problema é que não venho fazendo quase nenhum progresso. O que dá para fazer é umas incursões atrás do pessoal da universidade, os que sobraram. Comecei a procurar algumas pessoas que poderiam topar entrar na pesquisa. Desses que moram no fundo dos seus próprios laboratórios, e que não respondem nem ao Censo. O problema de conversar com aquele pessoal da engenharia é que eles acham que estão no século vinte: citam bibliografia e ficam lembrando dos colegas exilados ou mortos que seriam o especialista ideal para responder minha indagação. No restante do tempo, eles tergiversam: dados inconclusivos, paradoxos, aporias. Será que um engenheiro não sabe sonhar? Caceta. Não me responda, por favor.

Vou te confessar uma coisa: não sei qual das formas de fuga me anima mais: se a máquina, se a partida ou se a total imobilidade. Já não penso mais em tiro. Ainda é cedo para isso. Não viajar como a fuga suprema. Não permanecer como um renascimento. Não trabalhar como o maior protesto à ausência de seguridade social. Viver.

Phileas Phogg era exatamente isso: o homem previsível e imóvel, até que, de uma hora para outra, partiu. Foi tomado não por um desejo novo, mas pelo imperativo de se deslocar: uma armadilha urdida por ele mesmo. Nesse mundo sem câmaras, microfones e computadores, sem robôs que leem o que escrevo, sem inteligências artificiais que ficam mais espirituosas às minhas custas, é nele que hei de achar o caminho, a resposta, para fustigar o Inexorável. Alguma coisa que me dê sentido.

Você fica chateada comigo se eu te contar o que andei pensando? Que em algumas semanas nossas cartas irão rareando, e cada vez serão mais espaçadas, até o dia em que seu silêncio vai me informar que você está gostando de alguém, envolvida com outro qualquer. Gostando e envolvida, um gerúndio e um particípio, depois de uma lacuna, para dizer que, no grande oásis do desterro, há verbos que vão e vêm continuamente – verbos idos, e oblitera-se o que já fui. Não me queixo. Tudo bem eu virar uma figura do seu passado nacional. Vai ser preciso lidar com isso. Nunca tocamos no assunto, claro, porque a gente mal conseguia conversar nos últimos dias.

Não digo isso com rancor. Nem sem rancor. Digo com um ar de quem se conformou à forma das circunstâncias. Que mal há nisso, no fim das contas? Você se livrou de um país impossível, como agora me livro das múmias resplandecentes da modernidade terceiro-mundista. Malditas sejam as múmias locais e seus sarcófagos crivados de diamantes. Crispadas de joias. Empaladas com luxo. Escrevo isso e me dá vontade de chorar. Vou continuar depois a carta.

Como dizia, estou feliz. O sol é maior que meus sonhos. Maior que os sonhos do ditador. Do que os sonhos dos ditadores passados e futuros. O sol pode cutucar os carcinomas da pele das ratazanas brancas e a pele grossa dos jacarés. O sol é a maior da fugas, onde a linguagem quer a cor. Estou feliz e minto. Chega por hoje. Melhor parar por aqui. Desculpa.

Itapecerica da Serra, 1 de fevereiro de 35.

Querida M.

Estava pensando: ninguém mais escreve cartas, e devo ser o último dos mortais cujas mãos não se atrofiaram. Você sabe, sou um velho, preciso de tempo para pensar sobre as coisas. Dou valor às vírgulas e à presunção de inocência. Não me movo como os garotos de vinte anos. Tenho cem anos a mais que isso. Desconfio do movimento. Passei com certa desenvoltura da caneta tinteiro à esferográfica, e dessa à máquina de escrever e, logo, atenuando a brutalidade dos dedos, ao teclado raso do computador; depois me custou muito migrar para os teclados virtuais, aos comandos de voz, e parei no fracasso da transmissão telepática e na interface física com as máquinas. Menos mal, como ia me livrar de um enxerto de células? Seria insuportável manter seu fantasma vivo em tempo real, conversando o tempo todo só pelas telas.

Você vai saber, como eu vou saber, que estamos separados, que é da distância que nos vêm as mensagens, e não do imediato, do bairro ao lado, na tela brilhante e dos alto-falantes dos gadgets. Sua ausência é o que ainda tenho de meu, de próprio. Você, a intangível. Você, aquela de cujo cheiro ainda lembro. Você, a que se calou. A que se entregou pela política ao lance mais arriscado. Você, a que fugiu para não sucumbir. Intangível, mas existente em sua distância. Quando já não houver nem isso, bem, então será outra fase, mas não estou disposto a pensar por agora.

Está difícil avançar com o projeto da máquina. Aliás, ontem mesmo, conversando com um amigo a quem não via há tempos, e que hoje mora numa daquelas comunidades em Embu das Artes, ele me disse: "Máquina, mas por que máquina? Você não se livra da Revolução Industrial? Que fetiche com máquina! Quem disse que tem de ser máquina? Abre a cabeça um pouquinho, meu velho! Por que não um aplicativo, um enxerto celular, uma droga, uma intervenção neural? Que obsessão é essa de levar o corpo a um lugar que já não existe?!".

Fiquei parado pensando que talvez ele tivesse razão. Mas logo reconsiderei: Milena é um lugar, um arquipélago onde se pode chegar em meio à neblina, se se puder desviar da dureza da luz do farol. Milena é o fim do mar. Mas, ainda assim, fiquei boquiaberto, porque aquilo era bem melhor do que me ofereciam os engenheiros quadrados, explicando a natureza do tempo-espaço. O hippie careca e anacrônico que nunca conseguiu um lugar na universidade tinha mais a me dizer sobre o assunto do que todos os doutores das mais variadas ciências. A carne não habita um espaço no tempo, a carne habita outro lugar.

Talvez ele não tenha mesmo espírito prático. Vi que seus olhos brilharam quando falei no capital do qual eu podia dispor para poder investir. Dinheiro que arrecadaria com o que conseguira da venda da aparelhagem toda da casa, dos alugueis acumulados da parte dos fundos, da venda do automóvel e o restante do que juntara quando achei que conseguiria viajar um dia. O olhar dele se desviou do meu quando ele percebeu que eu pronunciava o que não deveria: prazo. Tudo bem, já havíamos ido longe juntos.

Aquilo era melhor que a arenga dos engenheiros quadrados, nem cúbicos, quadrados. Começam dizendo que viajar no tempo é conceitualmente plausível, mas não se arriscam a encontrar um caminho, a aceitar a proposta de um protótipo. Nem que seja para me distrair da morte e do beco. Nunca vou aceitar um não. A máquina, o aplicativo ou a droga são praticamente a minha única possibilidade. Praticamente? Mentira. O futuro como se apresenta não me reserva nada, o espaço não me reserva nada. Meu corpo apodrece nessa casa velha, porque já não tem aonde ir. Aqui parado sou o bovino esperando para ser torturado, chapado, chipado, chupado.

Sei que Milena habita o passado, os passados, e que lá havemos de reverter o atoleiro. Não me disminta, não me venha com razão. Sei que ao chegar, onde quer que seja, haverá uma representação sua. Que ela bastará para desautomatizarmos mais outros como nós. Que infectaremos de abismos as mentes cordatas. Que analógicos havemos de sair do buraco.

P.S.: Sabe, estava pensando. Por mais que tenha me animado com o encontro de ontem, um filósofo cheio de quimeras nunca vai me oferecer qualquer resposta. O que tenho é que encontrar outro louco que já tenha caminhado com isso, que tenha já um percurso trilhado de onde eu possa partir. Ou, penso agora, algum precursor que tenha de fato partido, e que talvez não tenha podido voltar. Uma pessoa como essa terá deixado rastros no passado, para que alguém como eu pudesse encontrá-los. O óbvio. Duvido que em Itapecerica tenha havido algum sábio iluminado a construir a engenhoca. Quem sabe no ABC. Talvez.

Itapecerica da Serra, 28 de fevereiro de 35.

Estimado e amado espectro ausente, desculpe a demora tão grande para lhe escrever. Precisei fazer uns ajustes na minha vida cotidiana. Você teria percebido, se eu já tivesse enviado as cartas anteriores, que no envelope há um nome diferente do meu, e que o endereço tampouco é o antigo. Me mudei para o Branca Flor. Encontrei uma casa simples e funcional, mobiliada, num lugar onde até mesmo os sinais são ruins – os de baixa e os de alta frequência. Assinei o contrato em nome da minha tia que morreu há alguns anos. Não foi difícil, se bem que para a assinatura e os contratos tive que contar com um amigo que mantém a vida digital ativa e que poderia ter acesso aos códigos e assinatura da velha, a partir das chaves que passei a ele. Pouco a pouco vou conseguindo apagar a minha marca. Me esgueirando por lugares já trilhados no passado, descobri que corre um processo no trabalho contra a minha pessoa pública, que devo deixar seguir à revelia. Não gasto quase com a casa. Também não tenho renda. Sozinho, sou comedido. Fico pensando se meu salário foi cortado ou não, mas não me atrevo a chegar perto de nenhum aparelho que me conecte ao banco. Penso se vale a pena, com o papel moeda que tenho, comprar algo de ouro, para dispor de recursos quando conseguir voltar ao passado e precisar de algo assim, em espécie. Depois conto detalhes do plano, numa próxima carta. Sim, porque agora tenho um plano, e você vai ver que por ele talvez eu não precise de ouro nenhum, mas da certeza de possuí-lo.

Fico um pouco temeroso, pois desde que você partiu não recebi nenhuma mensagem ou notícia sua. Espero que você não tenha tentado se comunicar pelos aplicativos. Não tenho acesso a mais nenhum deles. Idem, como já te falei, quanto ao telefone. Se você se aventurou a me mandar alguma carta, das duas uma: ou ela se extraviou ou deve ter chegado no antigo endereço. Sempre penso em ir lá, mas temo. Acho evidente que vão estar de campana, me esperando. Também, não sei se você me mandaria uma carta. Nunca cogitamos fazer assim, por tal meio, sempre o mais rastreável, embora os scanners – acho – não leriam manuscrito. Quem teria se dado ao trabalho de codificar a multiplicidade da caligrafia humana quando ninguém já escreve?

Eu, do meu lado, procrastino em enviar-lhe qualquer uma destas cartas. Mantenho nosso diálogo aberto, enquanto te mantenho viva dentro de mim. Sustentar essa voz que vem de longe, cifrada na sua escrita – que não leio – me faz levantar no dia seguinte. Fico pensando de onde me chegará sua escrita? Logo constato: é óbvio que não chegará, estou apagando minhas marcas e sei disso.

7 de março. Continuação.

Finalmente consegui falar com o Natalio. Você não vai imaginar, ele tinha separado para mim um presente e tanto. Disse que já estava com o calhamaço há meses, mas que não me encontrava de jeito nenhum. Ainda bem que eu o encontrei.

Ele localizou, na antiga sede da editora, o manuscrito de um livro nunca publicado, de um velho, Berílio Badra, um antigo aluno da Faculdade de Medicina da USP em meados do século vinte que conseguiu, orientado pelo Durval Marcondes, desenvolver um modelo baseado nos estudos sobre o método catártico do Freud. O princípio era retomar à livre associação, via hipnose, sem fazer o sujeito desprender-se do sintoma. Tratava-se de deixá-lo conectado ao sintoma, como uma forma de reativar nele não a possibilidade de se desvencilhar do conflito, e sim de potencializá-lo, saturar o incômodo, como forma de fazê-lo, enfim, colapsar. O desprendimento de energia desse colapso, dizia o Badra, tinha o poder de deixar o sujeito em estado tal que o desconectaria totalmente do presente e permitiria que ele revisitasse o seu passado. Era a chance de conseguir criar condições para uma hipnose mais potente, na qual o paciente não fosse conduzido, mas conduzisse. Uma hipnose bandeirante. O pesquisador acreditava que era a chance de ter narrada a experiência do sonho e da associação, ao vivo, e não apenas com a recordação da vigília. Era a chance de conhecer de outro modo o inconsciente, sem ter que passar pela escuta do analista. Uma espécie de ideal científico que dava a base para o devaneio do doutor, pois, para ele, a interação entre analista e analisando colocava em risco a garantia da eficácia do método analítico. Ele sim queria máquinas analisantes, livres de falhas.

O pior e mais intrigante você não sabe: o estudo, promissor, foi abandonado, por orientação do Marcondes, porque nas experiências realizadas concluiu-se que os colapsos, por vezes, eram demasiado severos, já que alguns pacientes ficavam traumatizados e em estado tão precário que não conseguiam retomar a vida cotidiana. Por outro lado, quando era bem-sucedida a indução, a viagem ao passado não era passível de comando pelo psicanalista, e perdia-se o sujeito para sempre – o que para mim é prova de sucesso, sem dúvida, porque esses tais de verdade viajavam e já não tinham interesse em retornar.

Os que retornavam, por sua vez, ficavam fortemente afetados pelo experimento, e não era possível também ter qualquer uso clínico da travessia. A despeito do número de cobaias danificadas, o velho preparou um capítulo final, no qual indicava caminhos futuros para a pesquisa: a primeira hipótese seria combinar os estímulos, diminuindo os eletrochoques e compensando isso com o aumento da dose administrada de alucinógenos; a ideia era que um impulso elétrico, naquele momento preciso, pudesse produzir uma reação físico-química tal que o sujeito passaria para o outro lado, mas que poderia gerar, com a espécie de realidade aumentada – e muito lúcido –, na expectativa de Badra, uma experiência inesquecível, com o comprometimento neuronal mínimo, evitando, no limite, um posterior retorno capenga. Achei impecável a ideia, porque era a chance de abrir os horizontes do viajante, e não limitá-los; ativar seus neurônios, e não matá-los.

Você deve estar me perguntando: ora, mas se era tão bom o projeto, por que foi interrompido? Tenho duas hipóteses: a primeira é que se acumularam os internos naquela época no hospital do Juquery, toda aquela gente que, apesar de sua contribuição à ciência, não conseguiu ter para si nenhuma vantagem real, ficando internada até o fim da vida no manicômio como crônicos irrecuperáveis. Por isso é que acho que o Durval acabou concluindo que o excesso de quadros persecutórios nos pacientes pudesse acabar rendendo algum processo judicial contra ele. Um golpe e tanto para os que estavam envolvidos no projeto e acreditavam que, calibrando a medicação administrada às cobaias, poderiam conseguir resultados promissores.

Mas pode ser ainda uma segunda coisa, que não descarto, e que me custa muito admitir. Que o Dr. Durval tenha posto um freio na prática quando percebeu que estavam infiltrados na sua equipe um grupo de junguianos, gente que começa a misturar psicanálise com espiritismo. Assim ele teria passado a desconfiar dos resultados obtidos, porque teria muito de mistificação nos relatórios recolhidos. Isso deve tê-lo deixado furioso.

Carl Jung começara estudando a obra e o pensamento do Allan Kardec e depois foi que chegou à ideia do inconsciente coletivo. Era certo que aquilo soava à provocação para alguém rigoroso como o Durval Marcondes, mas, ao mesmo tempo, fazia a cabeça dos jovens orientandos: entre sessões de hipnose narcotizada e eletrochoques, deviam sonhar com o dia em que os pacientes passariam da região do seu trauma pessoal por um corredor mais estreito, até chegarem ao porão do inconsciente coletivo. Seria a forma de realizar a utopia de um mundo primitivo, onírico, de todos indiscriminadamente, algo como os bastidores de um Circo de Moscou, mitos antigos de toda a humanidade desfilando fantasiados. Para um freudiano como o Dr. Durval Marcondes, era a morte.

Enfim, não dá para saber agora. O fato é que tudo isso era bem menos do que eu esperava mas, mesmo assim, é o primeiro experimento de que tenho notícia, que tem o poder de conduzir o paciente algo noutra coordenada espaço-temporal, sem a cela do corpo. O início de uma mobilidade para além dos limites estritos da existência linear, que vai do berço à cova. Para mim, foi gratificante poder pensar nisso, agora que meu passado me foi subtraído e que meu futuro está no limiar da aniquilação.

Bem, desculpe, a carta acabou ficando longa demais, e me desviei muito por esse assunto do Badra e do Marcondes. Vou parar por aqui. Vou tentar conseguir investigar algo mais a respeito e depois te conto as novidades. Amanhã passo na antiga casa, para ver se há registro de alguma carta sua e para regar as plantas. Nas bases digitais não vou poder conseguir ver suas mensagens, porque não tenho mais nenhum terminal em casa, e ao trabalho não vou mais, como lhe disse. Só encontrarei traços seus se você tiver me procurado por papel. Veremos.

Laus Deo.

Franco da Rocha, 15 de maio de 35.

Querida Milena, não teve jeito. Desculpe o silêncio tão prolongado. As coisas estavam mesmo ficando estranhas lá no Branca Flor, e resolvi aproveitar minha pesquisa e minha leveza e me instalei aqui, onde importava, nas imediações do Juquery. Pena que aqui não haja nada. Por outro lado, que bom que aqui não há mais nada. Não hão de me achar, nem os que me procurarem. Vinha em busca de uma casa para alugar, de um hotel para ficar uns dias, mas aqui parece que não tem nada disso mesmo. Só ruínas. Assim, acabei encontrando uma edícula vazia, nos fundos de um grande sobrado do fim do século dezenove. A casa principal está trancada e não parece ter mais ninguém morando nela. Acho que a edícula devia ser do caseiro, mas estranhamente não tem ninguém aqui, embora dê a impressão de que estava ocupada há até bem pouco tempo. O pó não teve nem chance de operar e deixar sua camada sobre os móveis. Tem até comida – sintética ou desidratada – que ainda está em boas condições. Foi um presente. Com isso tomei a casa como minha. Uma tranquilidade, não fosse pelo caminhar insistente dos ratos no forro, que ou me impedem de dormir ou penetram também nos meus sonhos.

Quero te pedir desculpas: estou em falta contigo, não consegui voltar à antiga casa e já não estou, há dois meses, no Branca Flor. Também nunca fui à sua. Não reguei planta nenhuma. Nem sei se a Milícia já passou por lá. Não sei nada. Nem de você nem de mim. Sou finalmente o pária, o extraviado, o para sempre desaparecido e, com um pouco de sorte, a estatística.

Confesso que começo a ficar preocupado com nossa impossibilidade de comunicação. O contexto atual está me dificultando ficar num lugar só. Por outro lado, não posso mais voltar (e nem quero) à vida digital. Acredito que as respostas estão naquele mundo esquecido, do qual ainda fizemos parte de modo tênue. Por isso é que passei a investigar no acervo do hospital. O acervo de papel, claro. Toda noite checo os registros do arquivo, ou melhor, o que sobrou dele. Há muitos anos houve um incêndio terrível que pôs abaixo a memória do lugar. Mas algo restou. De tudo fica um pouco. E nisso tenho concentrado meus esforços: tenho que encontrar o pavilhão onde o Durval e o Badra trabalhavam, para ver se acho também algum diário, algum caderno de anotações, algo que dê fé quanto à possibilidade da experiência ter ido além do que se conta no manuscrito do livro. É certo que uma investigação daquelas há de ter ido muito mais longe. A zona cinza do que não entraria mesmo no livro. Aquilo tudo que a ciência não é capaz de subscrever, aquela via escura em que o cientista sabe que vale a pena avançar mais um pouco, mesmo sem seu candieiro.

Vou insistir nisso, porque é a chance que tenho de retomar o experimento.

Esse lugar me assusta, os últimos internos ainda vagam pelo hospital, desativado há décadas. Os loucos dos tempos áureos foram sendo ressocializados, mas os próprios servidores do hospital passaram a ocupar os leitos liberados, e logo os filhos deles, os netos e, finalmente, os espectros que ainda vagam por aqui.

Naquela grande comunidade de alienados até os ditos "normais" tiveram que se adaptar. Onde a loucura é a regra, entrem todos nas celas. Sempre que passo por aqueles corredores, tento me agarrar a alguma normalidade, para não querer me atirar também numa solitária. Para não me lançar a um pote de pílulas coloridas, não pedir para me atarem à maca e me administrarem uns choques. A vertigem da queda.

Mesmo os mais jovens internos têm sinais de eletrochoque, embora tal terapia já tenha sido abandonada há muitíssimas décadas. Não entendo, mas acho que se criou uma comunidade incestuosa aqui. Nas noites em que os enfermeiros e médicos plantonistas se atracavam com as internas, uma nova geração foi nascendo, alfabetizada na sintaxe da loucura. Talvez não tenha fim. Acho que é isso.

Penso que o que os toma é este mesmo desejo louco que me toma também. Fazer uso de todas as formas de tortura que o hospício proporciona. Um resort de atrocidades e abracadabras. Que a razão esteja comigo, por só mais alguns dias. Valei-me, Augusto Comte, valei-me.

Franco da Rocha, 30 de maio de 35.

Milena, fantasma enroscado em minhas tripas cansadas. Cheiro de xampu no entardecer. Cabelos molhados sobre meu peito. Milena fugidia nas tramas do inimigo. Milena com olhar dissimulado ao me encarar era tudo o que desejava de você. Milena mais ausente que os melhores dias. Milena.

Acordo no meio da madrugada. Há um barulho de chuva. É possível chover em Franco da Rocha depois de uma semana tão seca de inverno? É certo que o barulho vem de fora. Esforço-me para abrir os olhos, e o barulho da chuva dá lugar a uma réstea violácea que vem do alto da janela, próxima do teto do quarto alugado, e que me ofusca.

Eles começam a forçar a porta – não, começam a abri-la. Uai, a casa não estava vazia? Chega a família toda – pai, mãe, duas crianças –, todos muito agasalhados. Alguém tinha comentado que, no dia final, ia ter visitas, iam chegar mais cedo para deixar as malas. É isso? Não me lembro. Digo a eles que estou dormindo, que vou continuar dormindo, e durmo. Chega você, ou parece ser você. Sua voz familiar, mas parece mais com a de outra pessoa de um passado ainda mais longínquo. Ao abrir um pouco os olhos, te reconheço e você não vem sozinha, mas acompanhada do seu irmão policial, de um colega do trabalho, e todos vocês parecem me apressar. A pressa dos que estão chegando de viagem, dos que têm que partir. Vocês querem ocupar a casa toda a todo custo, não deixar partícula de poeira repousando, não deixar molécula de oxigênio sem respirar Meu sono é infinito e não posso com a ansiedade de vocês.

Como vocês chegaram aqui? Eu me matando para me deslocar a outra realidade e de uma hora para outra todos vocês estão aqui? Os desejados e os indesejados. Os pensados e os impensáveis. Não sei. Deixo-os, a todos, e volto a dormir. A luz da sala invadida dá lugar ao escuro do quarto, mais uma vez. A grande luminosidade violácea que vem de cima, do alto da janela, desapareceu. Adormeço profundamente – por uma hora talvez, ou por um instante, pois imediatamente um barulho me desperta, um estridente som contínuo e infantil, que começa a me incomodar: um lamento, um guincho agudo, o grito bestial da presa encurralada. Pavor.

Ainda antes de abrir os olhos penso que podem ser meus antebraços cruzados diante do peito os responsáveis pela maléfica conjunção – uma pose de múmia egípcia que evoca espíritos horrendos. Com esforço descruzo-os e, com o movimento, sou obrigado a abrir os olhos. O ser de meio metro de altura, da estatura de um pequeno animal ou de um corpulento anão, branco, avança em minha direção. Não compreendo as formas pouco humanas daquela besta que se agita. Mas conheço-a, e por isso a temo.

O medo da criatura me toma – medo infantil, primal. A solidão ante o conhecido. Devo saltar, devo voar em direção à coisa, esconjuro-a, evoco forças e potências infernais e salto, para destruir a forma animal que guincha e me espreita, oferecendo um perigo à minha existência. Voar faz da curta distância um túnel, deixa-me prolongadamente em queda livre, sem nunca chegar a ela, que vai se afastando até se desfazer.

Temo, mas posso novamente dormir. E finalmente durmo.

P.S.: Não tem como você ler minhas cartas sem saber o que acontece aqui todo dia, depois que o sol se põe. Você precisa me dar ideias com urgência para eu poder sair dessa. Amanhã vou tentar postar as cartas. Vou tentar me desvencilhar dessas cenas. Esse hospital me perturba. Estou me perdendo. Preciso manter minha augusta razão para poder urdir o mecanismo que me tirará daqui. Mande-me um beijo, uma carta, diga que me ama, faça comigo coisas normais. Vamos escovar juntos os dentes num domingo de sol. Não aguento mais.

Franco da Rocha, 17 de julho de 35.

Milena, volta para mim nalgum tempo possível. Estou no cemitério dos vivos. Aqui o bolor corrói a alma, a paz e o corpo. Não posso mais com isso. Preciso sair desse inferno, mas trazer a resposta. Já não tenho senão fantasmas para me ajudar.

Hoje ainda não saí da casa. Ainda não fui ao hospital. Para poder mandar as cartas todas teria que ir a São Paulo, ao menos, porque aqui na região impera a ruína. Não quero pensar na Organização, não quero pensar no quanto a gente esteve perto de virar o jogo, e tudo se perdeu. Não quero. O que passo o dia fazendo? Olho pela janela e me inquieto.

Como esse lugar ficou assim, parado no tempo, como se fosse alguma periferia paulistana do maldito século vinte? Parado no tempo sem ser o passado que eu desejaria visitar. Olho para a janela, sem entender o que vejo, e logo penso também noutra coisa. Vou te dizer: lembra que há alguns anos, quando nos conhecemos, é como se houvesse vários futuros possíveis? Aquele tremor das primeiras semanas, quando ainda éramos uma massa que ainda parecia possível moldar. Até mudar a ordem da sociedade era algo a fazer.

Hoje, quando penso na máquina, é tudo a mesma coisa, agora como antes, se trata de escolher o futuro que se quer ter. Mas hoje me bato por um passado mais digno.

E em dias como esses, entretanto, tudo me paralisa. Não há estímulo para avançar ou regredir. Os animais quando ficam estacados sobre o asfalto, sem conseguir usar os instintos para dar conta da paisagem urbana. As rodas do caminhão.

Prometo sair logo da procrastinação e ir dar conta do que existe de verdade nesse hospital. Os olhos dos alienados, gente pobre que não teve família que os pudesse vir buscar mesmo depois da alforria, da abertura, do movimento antimanicomial. Do tempo em que não há saída.
Antes no trabalho eu mesmo tinha alguma espécie de agradável espera, de crença na possibilidade. No dia em que mandei o chefe ir tomar no cu, era o grito adolescente de novo na boca, não havia mais futuro mesmo, e falar daquele jeito, com descaso, era apenas lavar da boca o ranço da esperança que nos desce pelo fundo das narinas, um muco consolador.
Você e sua ideia de ser diplomata. Eu bestamente acreditando que poderia continuar investindo na carreira de fotógrafo. Você e seu registro profissional cassado. Eu e o fim das imagens como algo de valor. Fotojornalismo, fotografia em preto e branco, revelação de fotos analógicas, fotografia digital, fotografia tridimensional, a quarta dimensão e a captura da luz – cada curso reproduzindo o astral da época, até o momento em que a escolha seria a máxima: "Não fotografe, por favor".
Lá, morria o passado. A adolescente serelepe, desaparecida em circunstâncias suspeitas, e eu mesmo, contemporizador, não querendo que aquela morte nos atingisse além da conta. "Não seja besta, tudo nos atinge, Elizabete" – a frase que dizia a amiga para a moça de mãos trêmulas, na mesa ao lado, no café, naquela tarde em que decidimos entrar para a Organização. O tempo dos outros se colando como um câncer de próstata no meio da minha circunstância.
Em Franco da Rocha não tem nem um arvoredo onde descansar o olhar. A natureza vem depois, bem depois. Adieu

Franco da Rocha, 18 de julho de 35.

Milena, repito seu nome contra o esquecimento. Um mantra para passar o dia. Para me distrair da morte que se avizinha. Cada carta que lhe escrevo me pacifica só no tempo em que escrevo seu nome. Inventado. Seu nome inventado.

Parece que finalmente aconteceu.
Toca o telefone. Não tinha desligado os telefones todos?
— Meu caro – diz a voz familiar, grave —, encontro-me em minha casa e saber de meu estado certamente irá lhe desagradar.
— Continue — digo eu a ela, é tempo de falar. Mas ela nada diz. Logo antevejo o desfecho terrível e fatal para aquela mulher de mais de oitenta anos. Devo abolir as distâncias e cravar minhas digitais naquele corpo à morte. Renuncio ao telefone e começo a caminhar em direção a ela. Não posso precisar quantas léguas caminho, mas finalmente vou me achegando a seu quarto, que tem as portas abertas e de onde sai um réstia de luz.
Tomo de novo entre minhas mãos o telefone para fazer a consulta (eu não tinha vendido os telefones todos?):
— Posso entrar? Posso falar nesse aparelho ou a radiação há de te fazer mal?
A sombra de Nora se projeta nos fundos do quarto. Para que o corpo no leito se estampe na parede como de fato se estampa, a luminária deveria estar ao rés do chão. Não a vejo, porém – apenas o espectro antigo de Nora sobre a cama.
A outra mulher caminha em minha direção, silenciosa. Será a enfermeira? Primeiro sinto-a do outro lado da parede

fina. E logo sinto também que tenho o rosto lívido e os olhos inchados. Que estou preparado para qualquer notícia, mas principalmente para a pior, para a morte iminente de Nora.

Uma voz de mulher – não era Nora? Era a enfermeira? – me diz com firmeza:

— Você precisa ser forte. Você precisa entender.

Retruco:

— Isabel, é você? Onde está Nora?

— Nora está na casa dela. Faz dias que chegou aqui, no meio da noite, sempre delirando, é impossível conversar. Acreditamos que já estava tudo perdido.

Uma descarga gélida me percorre as costas. A loucura terrivelmente perto. A loucura, e não a morte. A verdade, uma bigorna sobre os nervos, faz-me lançar a única pergunta agora válida:

— Quem está delirando?

— Você. — é tudo o que posso ouvir, no interstício de lucidez que me foi dado ter.

Balbucio:

— Eu.

O louco.

Acordo com o corpo molhado, e não estou certo de estar na casa abandonada de Franco da Rocha ou em um leito do Juquery. Te procuro a meu lado na cama, Milena. Não encontro ninguém. Temo.

Franco da Rocha, 19 de julho de 35.

Milena, uma carta por dia, como deve ser, por muito amor, por muita saudade ou por muito desespero. Desculpe que comecei a te contar meio bestamente meus pesadelos. Essa proximidade do hospício me perturba. Faz tanto tempo que não vejo ninguém cordato, tanto tempo que fico aqui falando com gente morta, que acho que estou me perdendo um pouco.

Anoitece – au coucher du soleil é que escrevo estas linhas. Esse frio tremendo. Hoje acordei cedo, passei o dia nas ruínas do hospício, achei o arquivo secreto, ou ao menos discreto, onde trabalhavam Durval e Badra. Fica num pavilhão antigo, onde ninguém mais vai. Um pavilhão afastado, meio derrubado, e é lá onde está a fonte de tudo o que eu acredito precisar. Disputei com os ratos o acesso aos arquivos de metal que só se veem em museus. Tem umas três grandes gavetas cada, que correm nuns trilhos, como pequenos vagões cheios de testes, informações e palavra, tudo datilografado ou manuscrito.

Um jeito interessante de catalogar os prontuários, impressionante a quantidade de vidas encerradas dentre as paredes de lata. Se acreditasse em fantasmas estaria completamente enlouquecido. Esse dia de arquivo foi um desfile de atrocidades, fotos esmaecidas, roídas, de gente que não existe mais: cabeças costuradas, olhos desorbitados, esbugalhados, mirando o vazio. Vários deles, tenho certeza, reagiam ao que viram no passado. O passado nos semblantes dos alienados.

Para não perder a serenidade nem o meu objetivo, a cada cinco minutos olhava para uma anotação à caneta que fiz no meu pulso esquerdo: MARCONDES/BADRA – MÉTODO CATÁRTICO RECONSIDERADO. A poeira e o suor iam trabalhando naquele registro recente, como a memória de cada um dos loucos que saltava da pasta e ia me tirando do prumo.

Não sei como vou dormir essa noite e, por outra, acredito não ter nada mais interessante para te contar. Malditos mortos. Pelo menos hoje, quase nenhum dos vivos apareceu para me importunar. Ninguém além dela. Uma mulata, bruta, os braços como pilões, o olhar injetado, um hálito que se sente à meia distância. Não a tinha visto ainda. Quando se aproximou, ainda de manhã, queria saber se eu era casado e independente do que eu dissesse, me respondia sempre com a mesma pergunta – se eu era mesmo casado. Finalmente, dei um grito que pareceu espantá-la, desacostumada a alguém que a notasse. Não sei precisar quanto tempo depois ela retornou, perguntando-me agora se eu queria me casar com ela, e logo depois já não perguntando nada, e me aproximando do corpo dela com aqueles braços incontornáveis. Desvencilhar-se dela era como desvencilhar-se do desejo anterior ao tempo. O corpo ficava inerte sem acreditar e só se injetava alguma adrenalina por conta da sensação de pavor. O bafo pestilento e o cheiro de mijo acumulado tiravam de mim qualquer sentido de humanidade. Fui despido de qualquer autoridade sobre mim mesmo e precisei empurrá-la para conseguir sair de lá. Enquanto ela se reorganizava para outra investida, fechei o arquivo de qualquer maneira e saí. Até agora ainda escuto ela gritar: "Moço, você não me quer porque a gente é irmão?".

Do lado de fora, respirar de novo a ruína sob o céu encapotado me permitiu reviver algo desse presente que, se ainda me enoja, ao menos tem o suporte de um corpo vivo, de um corpo minimamente limpo. E agora, enquanto escrevo a você esta carta, sinto como se estivesse me refazendo. Fico espantado de ter me esquecido da louca, que agora revive nestas páginas que te escrevo para nunca mais.

Por outro lado, enquanto me preparo para dormir, penso que ela segue viva, do lado de lá, vagando pelas ruínas do Hospital do Juquery, esperando um homem, uma mulher, um bicho, onde possa saciar uma fome que não cabe no mundo dos vivos. Não é nada fácil estar por aqui. Acumulo cartas que não envio. Preciso ir a São Paulo com urgência. Preciso me livrar de tanto papel, preciso encontrar uma resposta, uma palavra, uma pista de você.

Temo o dia em que irei ao hospício pedir consolo à louca.
LAVS DEO

Franco da Rocha, 22 de julho de 35.

Milena. Abri a vala da palavra de Durval Marcondes. Não me olhe mais. Depois do que vi, do que sei, não conseguirei mais compartilhar com você o verbo como se ele fosse anódino. As palavras me roem. Vi os corpos nos olhos de Durval. Vi como ele tentava se desvencilhar dos torturados, dos enlouquecidos e dos mortos. O homem que achava que fazia ciência pegou-se no calabouço da experiência extrema da despersonalização.

Não. Sei que você me olha se justificando. Eu sei. Os especialistas que contemporizam. O discurso frio dos universitários. Não importa, vi arderem as palmas das mãos de Durval. Vi o suor que lhe percorria a espinha, o arrebatamento de desespero quando ele cravou as unhas nos antebraços, quando puxou os cabelos, querendo arrancar de si tudo o que havia gerado.

E depois renunciou. Assinou a carta de demissão horas depois de saber das cobaias. No sítio para onde foi depois não havia patos nem galinhas, nenhum animal rasteiro que o lembrasse o inferno de ver seu experimento posto em funcionamento. Como fui tolo. Não tinha nada a ver com o Jung. Não. Como ele poderia pensar que seu playground científico ia servir para experiências de ciência forense e investigação no nível de um Mengele?

Mas te digo, respiro fundo e te digo. Me olhe sim, que saio do lodo e do medo para encarar sua face. Porque agora descobri. Revisitar a fraqueza do cientista e a sua renúncia, creio, não pode ser desculpa para me tirar da rota. Tem um caminho indicado, que ele abandonou por não querer que tudo se desencaminhasse rumo ao totalitarismo. Ele mesmo é quem diz isso. Mas a pesquisa, essa precisava ser retomada. Vou fazer isso.

Já sei que ele tem uma lista de procedimentos que vinha utilizando com relativo sucesso. Agora quem vai ser frio sou eu, em meio aos escombros do Juquery, hei de retomar o prumo da pesquisa dele. Sedar o paciente suavemente, deixá-lo num estado tal em que não haja defesas, como numa psicanálise, e então administrar os remédios potentes, ou os choques, ou o ácido. E confiar que poderão ser feitas as travessias. E o paciente não vai ser outro que não eu.

Mas não, Dr. Marcondes grita do fundo da adversidade: eles queriam arrancar confissões. Queriam perseguir os opositores. E a vida de cada um virava um inferno. Primeiro, traziam os filhos pequenos, para exibir o espetáculo da carne revolta do pai. Imprimir na retina de cada criança o que acontecia com quem afrontava o regime. Educação pelas vísceras, dizia um dos delegados. Durval não quer reviver nada daquilo, e tenta segurar minha mão enquanto corro a caneta por estas folhas.

Insisto. Há mesmo no arquivo uma série de cadernos de três internos que foram e voltaram. Um deles, com pouco mais de três páginas preenchidas, é de um fiscal ridículo e sua viagem é tão interessante quanto um embrulho de bala. O homem viveu tudo com um exterioridade tal que, depois, fiquei me perguntando se alguém como ele tinha, de fato, inconsciente. A outra era uma garota que procurava entender seu futuro, mas não se encontrou nele: negava rotundamente ser a mulher a quem ela própria havia encontrado, interna de um hospital psiquiátrico, e logo retornou enfurecida. As páginas, cerca de dez, estão riscadas, há dias de frases desconexas e agitação. Num dia de cansaço, com uma letra à tinta vermelha que crava sua marca no fundo da fibra do papel, quase transpassando a folha, ela confessa que o resultado do experimento foi fazê-la desistir de se procurar. O caso mais eloquente, significativo e aproveitável foi o de um escritor carioca, preto, preso à revelia e que viajou igualmente à revelia. Na volta, isso é que é notável, escreveu um diário com uma desordem avassaladora de dias, como se ele os vivesse em flashes na cadência de suas associações. Uma vida de consultório posta em sua linearidade. São ao menos quinze cadernos aparentemente preenchidos no espaço impensável de duas semanas. E há uma coerência tal... coerência e descontinuidade.

Foi quando Durval topou sem querer com o calabouço, imagino. Quando a cabeça de Franco da Rocha desceu rolando pelas frestas. Quando Freud de repente subiu grosso entre a fumaça de Auschwitz. Ele nunca pudera saber. Pudera? Que ali se torturava e matava por razões que nenhuma ciência admitiria. Como podia ser? Durval crava seus olhos nos meus e me pergunta: Como eu poderia saber? Será que sou culpado também? Cúmplice com minha objetividade canina. O coturno e os cães calam a voz de Durval, para sempre perdido do mundo que ajudara a construir.

O estudo interrompido, os coturnos ecoando para sempre nas dependências com cheiro de urina do complexo hospitalar. Tudo o que tenho são os olhos de Durval. Não os meus, não os seus, nem o dos tupinambás. Vou morrer um dia, lenta e dolorosamente, sob a mira implacável desse olhar.

Franco da Rocha, 23 julho de 35.

Milena, basta. Não aguentaria muito mais que isso. Estes poucos dias entre escombros de uma cidade ida, entre escombros desse hospital. Não suporto mais ter a louca (agora a chamo de César) todo dia me acossando enquanto tento revisar os manuscritos do arquivo. Não quero mais ver os olhos de cada torturado, preciso ser objetivo. Já tenho as dosagens e os procedimentos. Não vou ficar aqui maldizendo futuro, presente e passado. Acredito já ter a tecnologia para poder viajar.

Vou te encontrar no passado, lá onde nos conhecemos e, já naquele dia, começamos a nos perder. Queria te perguntar a data exata, porque, falha grave de todos os tempos, parece que já começo a esquecer. Faz trinta anos que a gente se conhece, não é isso? Não, acho que não podem ser trinta, deve ser mais, a gente já tinha vinte e poucos e foi na época em que eu comia as três refeições do dia no bandejão da universidade. Brincávamos de falar do salitre. Ou foi depois, durante a Campanha do Medo? Não tenho mais uma foto para consultar, não tenho nenhuma caderneta, nem a pasta com os recortes. Quantos anos legando tudo aos repositórios digitais, à Via Láctea, e agora que voltei ao universo de Gutemberg, parece que não sobrou nada, nem memória nem registro.

Preciso voltar àqueles dias, saber onde lá estava indicado que tudo ia ao inapagável fogo, se por acaso lá já estava escrito que todos os barcos iam a pique, que a grande baleia jamais seria caçada, que a organização viraria farinha de ossos, que você, em meio ao mais arrojado dos planos, teria que capitular. Que eu, fina flor da cavalaria andante, ia acabar em meio aos loucos do hospício de Juquery.

Menos mal que não tem que ajustar seletor de nenhuma máquina. Se fosse assim, ficava preso em todas as fendas, em todas as bolhas, em todas as dobras do tempo. Sabe que agora já tenho até dúvidas sobre minha idade. 1945 sei que já tinha nascido, foi o fim da Segunda Guerra, o fim do Estado Novo, o fim de Hiroshima, mas é como seu eu não existisse. Deve ter sido uns vinte anos antes, mas já não me lembro de nada.

Os anos sessenta do século XX já me são familiares. A gloriosa e bela Revolução, diziam alguns. Mas são minhas essas lembranças, ou as leguei de Outro, dos olhos injetados do Durval, na gaiola de um grito contido ainda agora, e que me fazem esse estrago, anterior e recente, impresso no interior da pele da minha pestana? Já era eu vivo no atentado forjado do Rio Centro, bombas no colo do militar para acusar uma esquerda que não sabia ao certo a que vinha. Já era homem feito quando Tancredo, com medo, nunca pôde assumir o comando. Não sei se me lembro de algo. Talvez até hoje eu não tenha nascido. Milena, escrever essa nova carta me aflige, sabia que na hora que cruzasse a porta dessa casa de loucos alguma coisa aconteceria comigo, mas não sabia o quanto dissiparia minha vida. Quando Ceau escu caiu como um tronco inerte, eu estava lá? Em que ano foi que nos conhecemos...

Milena, começo já a perder os traços do seu rosto, o viço daqueles primeiro dias, mas é tão clara sua voz com a frase que você me sorria dizendo: "Ué, quer fazer uma viagem no tempo e decidiu fazer Ciências Sociais? Acho que eu posso te levar para uma viagem bem melhor que essa".

O riso e a promessa me capturaram, eu sei. Naquela tarde, tinha que dar conta de responsabilidades, mas logo me esqueci de todas elas. E no Motel Almirante, no centro, acreditei que seu corpo pudesse me levar a outro tempo. É quando, então, tudo me catapulta para fora de todos os dias. No suor do primeiro longo abraço – meu braço volteava toda sua cintura –, eu me desesperava, porque na medida em que sentia seu corpo se agitar, sabia que já te perdia, que você inteira me escapava, com o gemido que se projetava janela afora, a se misturar com o voo dos pássaros e o reverberar dos caminhões e ônibus da 9 de Julho, com o olhar que se revirava à sombra, o corpo autônomo de existência tão própria e tão alheia.

Tantos anos depois, você me disse: "O que nos une é a linguagem, isso que é tão raro, tão precioso, tão incomum". Não quero que você vá embora. Não quero que você foi embora.

Até seu olhar, que me atingia no fundo do olho, e a lascívia de percorrer minhas coxas sem desgrudá-lo de mim, até ele era longo e próprio, todo seu.

Onde você estava enquanto a mãe de Marguerite, tantos anos antes, plantava arroz contra o mar no Vietnã?

Nunca acreditei na falácia do amor, de ser o homem de uma mulher ou de ter uma mulher para mim. Mas na noite em que você me ofereceu a trepidação do seu corpo, dos seus olhares, dos seus esgares, dos seus prazeres em mim, nesse dia eu soube que tudo começava a se perder, porque me senti cativo e já me antevi te perdendo. A sua liberdade golpeava cada rincão do meu vício – mas que idade eu tinha? Era um amor dos anos vinte ou um amor dos anos sessenta? –, e ia fazendo estrago nos meus preconceitos. Como seguir e como voltar eu não sabia, como não saberei jamais.

Milena, daqui da minha ruína, do meu hospício da loucura alheia, agora me pergunto se essa história aconteceu. E a palavra mesmo me chicoteia com seu rosário de nadas. O ano era 1965, me lembro, e o japonês do Massao estava doido publicando poemas, entre cada encomenda de apostilas do Anglo, e eu toda hora ia conversar com ele para saber das novidades. O país já era bicampeão mundial de futebol, e achava que podia ter nascido para viajar aos festivais de música. Achava que, se continuasse trabalhando duro, poderia ter um carro para cruzar São Paulo como uma flecha e alcançar as matas do Morumbi. Mas não, não pode ser, eu já tinha mais de quarenta anos em 1965, não vinte.

Será que aquela transa no Almirante aconteceu em 1973 – você linda, com uma calça boca de sino, o cabelo preto e liso, fazendo da Avenida São Luiz uma passarela para seu passo cadenciado? Ou foi em 1984, você saindo apressada, a calça de lycra, a blusa vermelha, do seu emprego no hospital do INAMPS? Ao fim, você me desnudava, e eu era atirado o bastante para não me perguntar sobre nada, coisa que agora já não acontece. Você me olha do sofá da sala, de bruços, o vestido curto, uma série de quadros de pintores ao fundo. Em que ano? Eu penso que talvez fosse 1890 e líamos Baudelaire no fundo da noite, tomando um vinho de um punhado de francos.

Será que eu sou nascido antes e, em 1965, eu estava agenciando um grupo guerrilheiro no Araguaia – e não foi na Ladeira Porto Geral, mas na mata de Goiás que nossos corpos se encontraram? Tudo o que vem de você é sombra sobre meus próprios gozos.

Ou se foi em 1986, no meio da euforia pela moeda nova, todo mundo achava que ia comprar de tudo e adiar a morte. Me lembro, disso não esqueço: naquele tempo ainda se morria e valia a pena ir na loja para ver as novidades musicais. Acho mesmo que foi no Museu do Disco, você agarrada num antigo do Uriah Heep, e aquilo me pareceu tão interessante que te falei qualquer bobagem. Depois fomos para o Cruz de Malta, maldizendo o fato de não terem vitrola no motel.

Num beco de Salvador, em 2010, não pode ter tardado tanto, o cheiro de urina e você veio gingando, mulata de uma mulatez que parecia saída de um romance do Jorge Amado, de um comercial da Embratur, que nem fiz caso e disse: "Essa aí é um personagem". E acho que foi assim que você acabou se interessando, porque de repente parou de gingar. Ficou olhando o vazio e me ofereceu um amendoim.

Ou em 2033, no limiar do cataclisma, todo mundo esperando aquele meteoro que até a NASA já dizia que podia vir, e você na Livraria Restante, aquela ponta de estoque em que as editoras mandavam suas edições inteirinhas, na esperança de alguém ainda querer comprar livros. Os autores autografavam para desconhecidos e perdiam os livros no meio do estoque, e os leitores que ainda havia compravam não pela crítica, nem pela capa, mas pelo autógrafo, para ver o quanto de criatividade tinha ficado com os autores depois de terem concluído e imprimido o livro. Ficava algo. Um pouco.

Não importa, só aprendi a esquecer quando descobri que não morreria mais, que não valia a pena guardar tanta informação. E foi a partir daquele dia em que memória vivida e memória lida começaram a se confundir em mim. Hoje tenho 120 anos, é isso, creio que é essa a minha idade, podem ser mais ou menos anos, hoje posso, ainda, no vigor de uma forma que mantenho há mais de meio século, me lembrar de você, inventada em meio ao meu rosário de histórias, e lamentar objetivamente a sua partida para o outro lado da fronteira.

O que restou. A grande sarna, o grande pudor, o grande suor, a grande trepada.

Franco da Rocha, 24 de julho de 35.

Milena, um dia você me disse que viver comigo era viver na defensiva: "E se eu te oferecesse o céu e você aceitasse?" – você falou para mim. "Não teria outra alternativa a não ser abrir as asas". Sua frase gravada para sempre, até que você se transformasse noutra mulher, que não mais a jovem atirada e aflita dos primeiros anos, até que.
Não tenho outra alternativa, além de não amar ninguém. Amor é para quando se tem vinte e cinco anos e o futuro? Como amar aos 50? Como amar aos 70? Como amar aos 100? Preciso voltar, refazer a vida com calma, refazer os passos da coisa toda, na flor dos meus 120 anos de idade, reencontrar uma viela aceitável nalgum cantão do país. Sabedor de não haver mais morte, de não haver mais sorte, de nem mais utopia haver. Na flor do presente sem termo, te grito, Milena, e espero para saber se algum louco do hospício virá mesmo me chamar de meu amor.
Você pode me perguntar: onde estão os outros? Além da louca e dos vegetais, onde estão todas as pessoas que não foram abatidas? E só quero mesmo te dizer uma coisa: não vou falar sobre isso. Não espere que eu vá falar nada sobre isso. Não espere. Aceite que na hora em que você resolveu que tinha que deixar tudo para trás, na hora em que eu mesmo não tinha outra alternativa a não ser não ir contigo, e ficar, desde então tudo foi pó. Se desfez a casa ao longo da madrugada, o bairro na manhã seguinte, as ruas e avenidas ao longo da semana, e no domingo já não tinha mais nem país. Simples.

Depois de terem suspendido a maternidade, depois das execuções. Depois de terem decidido que seriam essas mesmas as pessoas daí por diante, que já não haverá a geração do futuro, esse desalento que tomou conta de nós, por sabermos que mais nada ia poder acontecer, tudo piorou bastante, você sabe. Foi quando começamos a nos tornar tão outros. Todas as horas dedicadas a uma defesa mal arquitetada de um conjunto de valores que sequer podíamos já enumerar. Eles nos matam por pouco, por bem pouco. E eles nos matam até mesmo sem nos atingir, pelo fato de lá estarem, à espreita, bafejando ar fétido enquanto promulgam suas leis. O bafo deles tomou o centro de nossa cena, e eles passaram a dividir a cama, o sofá, a varanda e a rede conosco. E a vida foi ficando difícil para nós.

Então vamos ao que interessa, não falemos disso, desse mundo onde já não quero estar. E tampouco quero seguir falando de você. Preciso respirar e seguir adiante, até que se cumpra o projeto final. Quero te contar que estou trabalhando com afinco no que preciso. Tomei uma decisão importante: vou usar a técnica do choque, é um jeito de homenagear o Badra e o Durval, pois afinal era com isso que eles trabalhavam no manicômio também. Acho que havia uma ideia boa no eletrochoque: a possibilidade de saturar, de estressar o sistema. Mas quero fazer diferente, quero usar uma técnica que veio depois, e que só guarda um parentesco distante com a eletroconvulsoterapia. É uma técnica antiga também, que já tem uns trinta anos, a estimulação elétrica transcraniana, que opera com uma corrente bem menor, de dois miliampères. O Durval e o Badra metiam mil ampères na cuca do cidadão e davam-lhe uma bruta convulsão. O choque agora é mais suave, acredito que não vá me incomodar muito, ainda mais suave do que aqueles de fisioterapia que a gente tomava na juventude. Vou associar ao choque contínuo alguns psicotrópicos, que vão auxiliar na condução do processo. Sedativos, sobretudo.

Consegui encontrar uma sala segura do hospital, que era usada para isolamento individual (as solitárias). Estou tentando adaptar a tranca, porque ela só fecha por fora. Resolvendo isso, quando eu já não tiver o risco de me emparedar, vai ficar faltando ainda resgatar um outro indutor que permita manter a psique operando na frequência que nos interessa. Tenho um trunfo, mas vou ter que ir a um velho museu para roubar o equipamento. Depois te conto melhor.

Acho que a louca me descobriu aqui, começou a bater na porta, não sei como vou fazer para me virar dessa vez. Ela está a cada dia mais agressiva, tenho medo que me pegue desprevenido, e me dê uma pedrada, um abraço, e que acabe se casando comigo. Você vai dizer que perdi o tino e o tato com os internos. E talvez eu pudesse te dar razão, noutra situação ao menos, onde estava a trabalho e parecia saber como manejar a situação. Aqui a barbárie se tornou patrimônio compartilhado e vivemos numa pequena selva. Não sou predador de ninguém. Cantam os animais excitados todo fim de tarde, como agora, sei que eles farejam a gente de cá, que essa gente parece estar sempre pronta para a trepada que anule as fronteiras do desejo e da vida controlada do hospício. Esses médicos que já morreram, mas que ainda permanecem aqui. Esse cemitério de onças.

Vou ter que fazer uma pequena viagem para procurar o último dos indutores para produzir a viagem temporal. Você há de me ver chegando aí, em breve. Mas, onde?

Franco da Rocha, 14 de agosto de 35.

Bom, que seja, é a última carta que escrevo. Você vai saber me entender, neste mundo ou no próximo, porque, no fim das contas, do amontoado de cartas que lhe escrevi desde que você partiu, se eu fizer bem as contas, só lhe mandei umas poucas, ou melhor, não te mandei nenhuma. Tem uma que deixei no envelope, mas tenho quase certeza de que não enviei. Acredito que me lembraria. Uma que preparei para despachar mesmo sem ter seu endereço ou seu paradeiro. Uma que envelopei mas que não queria postar enquanto não recebesse a resposta à primeira carta. Uma que era tão dura de escrever, que ficou encruada em mim, com algo de silêncio, algo de rancores, algo de palavras. Uma que escrevi, mas jamais teria coragem de mandar. Uma que rasguei depois de ter escrito, o papel sujo de suor pelo calor de janeiro. Outras em que sequer mencionava seu nome. E muitas e muitas cotidianas, outras que o hábito foi fazendo com que ficassem sobre uma pilha, quase torre, para um dia finalmente chegar aos céus.

Não sou mais forte que o hábito, nem mais forte que as distâncias, nem mais forte que todas minhas fugas. Você saberá reconhecer, se algum dia encontrar palavras minhas. Talvez elas valham de algo para você. Recuperar algo do que ficou pelo caminho, à beira das coisas e, ainda assim, à margem dos esquecimentos. Não sabia se deixava na casa ou no arquivo do asilo. Tinha medo de que, se encontrassem estas cartas no Juquery, iam achar que eu... Você sabe. No fim das contas, achei que o melhor mesmo era deixar no arquivo do Durval e do Badra. Mas não, guardei-as comigo.

Vou postá-las, claro. Uma carta sempre chega a seu destino, dizia aquele francês surrealista.

Ou talvez, não. Apesar dos meus bem vividos 120 anos, da minha vaidade de querer deixar uma marca, caso venha a morrer, apesar de saber que essa pilha de cartas não é realmente uma memória da qual poderia me orgulhar, ainda assim, não podia perder o registro. Vai que não consigo viajar, vai que você consegue voltar. Acho que aqui é o lugar onde elas estarão mais protegidas. Um hospício é um lugar para voltar. Também, no fim das contas, escrevo por hábito, isso é tudo.

Acabei de deixar o leito arrumado e o quarto no vazio de praxe. Apenas limpei chãos e paredes das marcas do tempo e da devassa. Deixo a luz central apagada e providenciei uma luminária de luz indireta. Na mesinha ao lado da cama, além de um bloco de notas com papel grosso, uma caneta tinteiro do século vinte e alguns lápis daqueles de madeira lunar, que faziam o orgulho dos tchecos.

A cereja do bolo, que não te contei ainda: eu ia viajar para tentar roubar num museu, mas resolvi fazer diferente. Consegui remontar a máquina Border Music, do Edgardo Rudnitzky, apenas com as anotações que fiz há décadas. Será que te contei? A música hipnótica e repetida do argentino, moto contínuo, há de me conduzir ao destino: no fundo do quarto, de forma que os sons de sino soem do modo mais adequado e permitam as variações desejadas para uma jornada assim. Tenho cinquenta litros de soro fisiológico, colocados sobre uma armação de madeira, que gotejarão lentamente nas minhas veias, com uma solução líquida de sais, morfina e extrato da pepita lisérgica do Afeganistão. Hidrato o corpo, alimento a alma, estimulo a mente. Numa das prateleiras da estante instalei o gerador de baixa corrente que vai me produzir os choques na cabeça. Regulei o timer para interromper a descarga contínua ao final de oito semanas, o tempo de que necessito para dar a volta no passado e para que o galão com os químicos se esvaia. Instalei uma sonda peniana para coletar a urina nesse período de hibernação. Quanto aos resíduos sólidos, não será necessário, pois tenho os intestinos já esvaziados, e a alimentação será apenas intravenosa, o que me poupará do trabalho mamífero da deglutição. De acordo com alguns estudos recentes que andei consultando, é possível que essa tarefa que fazemos traga incidência sobre as gerações futuras.

O que me preocupa é não haver um tratamento efetivo contra os suicídios – físicos ou virtuais – que o fato de conhecer os antepassados pode causar. Os mais ousados dizem que no futuro se passa o mesmo. Que a maioria de nós não suportaria mais de quinze minutos e meio com seus familiares, e se sentiria como o maníaco do Parque Güell vendo pela primeira vez os próprios crimes e se horrorizando com eles. A polícia haverá de compartilhar dessa impressão, e nunca haverão de cobrar ou colher meu depoimento de dor em que é preciso responder pelos atos.

Desculpe, perdi um pouco da objetividade. Tenho suprimento e sono para oito semanas, dizia, o tempo que há de durar minha viagem. Caso consigamos nos encontrar, e caso eu consiga voltar depois, arranjo um suprimento ainda maior de alimento, sedativo e lisergia para passarmos uma temporada mais extensa juntos. Confie em mim. Ao retornar, te mando cartas contando o que aconteceu e você me diz se, de fato, conseguiu me acessar também.

Sim, essa viagem analógica, sem nenhuma interface com máquinas, sem possibilidade de o buscador internacional ou a Interpol me pegarem, se é que realmente me buscam, se é que já não me deram mesmo por morto, como seria desejável. Se eu acessar seu inconsciente, vai ser por suas livres associações, por um cadavre exquis nosso, e não por um aplicativo.

A ideia é poder ir pensando em você e assim chegar ao tempo possível, em que nosso plano e o Plano da Organização ainda pudessem ser efetivos. A Grande Véspera é o que busco, a nossa e a de toda a Esmerilhândia. Não sei ao certo se minha viagem é apenas egoísta, mas estou certo de juntos vamos plantar a dúvida de modo mais eficaz do que vinha sendo neste século. Você há de estar já no passado fazendo isso, há de me reconhecer, é evidente isso.

Enquanto te escrevo, já tenho o emissor elétrico sobre minhas têmporas, já instalei a sonda, estou seminu, com um roupão hospitalar e, com alguma dificuldade, também já encontrei minha veia para acoplar a guia. Sinto que pouco a pouco começam a entrar em mim ondas gélidas e o néctar do esquecimento. Quase imperceptivelmente sinto que minha cabeça vai ficando mais quente e mais quente, e isso nem longinquamente me faz lembrar uma descarga elétrica, uma máquina de cortar cabelo. Ao fundo, os carrilhões minimalistas de Rudnitzky me fazem lembrar que essa terra vai ficando cada vez mais longe daqui. O rio que corre seu curso, o discurso que corre seu verbo, o verso que me recuso a cantar. Não vou parar de escrever, pois é escrevendo e não navegando que hei de chegar à outra margem.

Vive em mim o escuro, o dardejar para sempre dos melhores alvos pagãos, os teus lábios que me prenderam um dia de naufrágio, os seus braços longos que me ajudaram a me afogar. Certa é a véspera do meu desastre, o resto é conclusão, começo, cresce a minha mente na sua cabeceira vazia. O pátio que continua na sala. As asas do colibri bebendo as flores dos cactos. Um pouco da sua asa no chão. Pecados da memória, do meu pão.

Parte II

América

São Paulo, 31 de dezembro de 1979.

Consegui!
Não sei se a data é essa mesmo que botei aí em cima. Pode ser que o jornal seja de ontem ou mesmo da semana passada, mas não pode ser muito velho, porque o papel continua branco e não crepita, e sinto mesmo que aquilo que ele conta se passa neste dia. Milena, há tempos não via um jornal assim, todo preto e branco e de papel. Intacto na sala, em cima do balcão de fórmica, mal foi tocado. Não consigo conter a empolgação, querida. A pior parte do plano deu certo e, o melhor, não cheguei a Franco da Rocha, pois seria igual em qualquer tempo, em qualquer século. Cheguei a um apartamentinho aqui no centro de São Paulo. Da janela, avisto algo que certamente terá sido no seu tempo a Praça da República. A dos meus sonhos.

Com isso, a chance de eu te encontrar aumenta. Pelo visto, teve gente há pouco tempo na casa: um saquinho de leite na geladeira, que mal começou a azedar, uma garrafa de cerveja e um saco de pão na mesa da sala. Na cozinha, outras sete garrafas vazias. Nem margarina na geladeira tem.

Olho para o jornal e fico pensando: 1979. Não sei se vai me servir esse ano. Porque não tenho a menor ideia de onde você está nessa época. Nunca te dei ouvidos quando você falava da sua juventude. Nunca te disse isso, mas começava a achar estranho quando alguém vinha me contar da infância, da juventude e da infinita idade adulta, tão cheia de peripécias e décadas. Aquilo me dava gastura. Nem para você dei muita bola. Mesmo depois de tantos anos juntos, ou talvez por isso mesmo, tudo foi se apagando. Agora já não sei ao certo em que momento foi que eles te acharam, em que momento você passou a ser uma ameaça a ser eliminada.

Em um dia como hoje, me pergunto: Se você entrasse pela porta agora, e eu te reconhecesse, qual seria a pergunta que nunca te fiz que finalmente faria? Um dia, você me mandou uma mensagem que trazia um trecho que você tinha enviado para um outro. Não li. Não quis ler. Só quis saber das coisas suas que tivessem a ver comigo, todo o resto eu apenas suportava. E agora que preciso, me sinto um porco egoísta.

No caso de te localizar, nem imagino se você vai me dar ouvidos. Mas era a única chance que tinha. Então, te escrevo essa carta, continuo te escrevendo estas cartas que nunca chegam, porque nunca envio, na esperança de que, quando a gente se encontrar, eu faça algum sentido para você, e esse maço novo de papel que começo aqui no passado traga alguma imagem sua.

Vou te falar uma coisa: nunca me perdoei por ter sido você a exilada, e não eu. Por ter sido você a se arriscar daquele jeito. Sei que já discutimos tanto sobre isso, que era mais conveniente que fosse uma mulher a se aproximar do maldito e que, dentre as que havia no grupo, você era certamente a que reunia as melhores habilidades para se insinuar e resistir. Qualquer um de nós, homens, o máximo que poderia ter feito era matar o maldito, mas nunca tramar, nunca conseguir a informação de que precisávamos. Enfim, Milena, e então perdi você e a Organização contigo.

Sei que você está em perigo, e fico sempre me convencendo de que não é impossível de reverter. A não ser o passado. Que, se eu te achar no ponto certo do passado, antes de eles terem ido atrás de você, é possível reverter seu exílio e tudo o que adveio dele. E mesmo antes, querida, e se fosse ainda antes, para aproveitar os melhores tempos de novo, antes da roda viva e do precipício.

Acho mesmo que, se não tivessem te pegado, o plano deles para a Operação teria fracassado. Eles precisavam de alguém como você, de boa imagem pública, para condenar como condenaram, para deixar claro que você era parte de uma impostura. Como me custou ver você se descartando para não ser jogada no lixo, humilhada e deportada a um país inimigo, que te exibiria como troféu antes de te executar. Malditos.

Como é que eu podia me perdoar quanto a isso? E, agora, me dói não ter pistas suas. E te pergunto: Onde estava você no finzinho de 1979? Daria tudo para te encontrar de cacharrel e boca de sino, cabelão enorme e perfume de patchouli. Acho que você nem me daria bola.

Vou ver como faço para achar seu paradeiro. Alguma pista hei de ter de você. Me sinto envergonhado ao final dessa carta.

Meu egoísmo.

Espero que ainda dê tempo.

São Paulo, 1 de janeiro de 1980.

Parei de escrever o seu nome e não ouso pronunciá-lo. Tenho certeza, porque é plenamente compreensível, e por isso é que ninguém aceitaria os perigos de dizer. Desde que me ocorreu a ideia do mecanismo da viagem, sei que me tornei outra pessoa. Um fantasma, desde o princípio. Ou foi antes? Certamente antes. Qual foi o dia, afinal, em que passei a desistir das pessoas e das coisas?

Será que foi quando entrei para a Organização? Já levava em mim um desarraigo, um desencanto, e acho que foi nesse dia que comecei a empalidecer. No trabalho, gente que nunca falava comigo se dava ao trabalho de me perguntar se estava bem, pois parecia abatido. Se tentasse articular ao menos a razão, então eles desistiam. Se calavam, me encaravam, e voltavam ao mutismo habitual. Eu já era um fantasma, já não fazia sentido. Tudo o que queriam de mim era um pouco mais de cenoura, um pouco mais de luz do sol, e uma ou duas fórmulas vazias para entenderem que estava tudo bem.

Mas não. Tentava dizer – é preciso partir, mudar, rearticular, revolucionar – toda a matilha de verbos incompreensíveis. Há um pouco de mim que se ia no gesto mesmo de tentar dizer. Um silêncio a se depositar como nuvem sobre mim. Uma palidez.

E nunca fui embora a não ser, um dia de cada vez, como o resto das pessoas. Fui me tornando a ruga e o entrevamento no antigo movimento juvenil. Até que. Eu era o câncer, o Alzheimer de toda gente, já era o arruaceiro que era preciso deter. O pobre diabo espumando no fundo do culto. Mas era mais que isso: era uma máquina da revolução. Dentro da minha cabeça, eu era a fé da transformação. Aquele que apostou a alma no pôquer dos ratos e depois trucou com gosto.

Até que você sumiu. Até que escapei por uma brecha do tempo, na expectativa de perseguir algo que não podia mais encontrar em qualquer lugar. A hora definitiva. Como sei?

Meu relógio caiu no caminho. Não sei onde, não sei como, mas de repente ele não estava mais comigo. Eu já vagava há tempos.

Por não saber a hora é que a hora se deu. Talvez eu te encontre, mulher. Você ou a imagem mais monstruosa que tenho agora de você. Nesse tempo em que mal sei que imagem você terá de mim. Que preço poderia ter isso, ver a decrepitude temida tomando o seu rosto? E logo ver você remoçada, juvenil, olhando para um rapaz cheio de vida e frescor, que não eu. Aqui nesta casa sem espelhos, minha vida palpita com o temor de um reflexo. A minha própria cara feita carcaça por um olhar amoroso seu dirigido a outro qualquer.

Não era sempre assim no tempo em que havia a velhice, a doença e a morte? Como ia ser diferente no tempo da vida eterna? Quem diz que me contento com o linear? Quem diz que não me perco nas volutas das vagas que sempre retornam no litoral? Te ver ou me ver é saber que há fantasmas e vagas que não nos hão de abandonar jamais. Arrasto a corrente dos tempos, dos meus, dos seus e dos tempos perdidos.

Concebo-me com o homem de plástico, o que não se recicla do mar, o que mata toda a existência marinha, o que trai os princípios do girar constante da Terra, o que atravessa o tubo digestivo das baleias e sai intacto do outro lado. O que não partirá dessa para outra a não ser com a engenhoca psíquica. Sinto falta da cidade em preto e branco, da cidade esmaecida, da cidade em Ekthakrome, da cidade fotogramas granulados com chiado analógico e pipocos na tela, da cidade boca de sino, bunda de lycra, ombreira, peitos à mostra, da cidade em fúria, praças lotadas de cartazes e gritos. A cidade latas de aço. A cidade molotov. A cidade matar ou morrer em nome de um substantivo ou um verbo. A cidade. A cidade. A cidade.

E entretanto, o que sou? O espectro que vaga entre os tempos na fresta da coisa dita, da coisa colapsada, da coisa associada, o fantasma – um esperma no fluxo dos dias. O que fugiu da tela orgânica, hipervigilada, da infovia, um fiapo de plástico na boca de um bicho.

Já não pronuncio seu nome. Os lábios se juntam, mas me detenho. Meus passos reproduzidos continuamente pelo sistema da polícia, avaliando por meus movimentos da face se sou suspeito ou não naquele momento. Se minha atitude é perigosa, se minha temperatura demanda contenção. A polícia que me antecipa: o produto irrecusável oferecido na hora mais sensível, a solução política mais estapafúrdia no momento da necessidade, a mulher holograma quando a falta é mais triste, e sempre as malditas contrapartidas. Sou o que não é, o que não está, e entretanto minha fundamental e empalidecida imagem dá consistência a tudo o que não é.

Será que fui o único a enlouquecer? O desejo virando bosta de vaca, a rebeldia se dissolvendo num tubo de refrigerante, o sexo devindo holograma, a política findando as eleições e escolhas, porque os candidatos são a reiteração bovina entre promessa e segredo.

Gente de granja. Energéticos para trabalhar, estimulantes para transar, opiáceos para esquecer.

Acho até que eles já foram embora. Era investimento demais. Depois da última década, da grande perseguição, seria um gasto tremendo de dinheiro continuar com o controle estrito, quando todos já havíamos incorporado o grande poder, o grande controle, o grande medo. As cidades todas vigiladas, desde que chegaram a 100% da rede de cobertura, perdeu o sentido permanecer no jogo, porque o tempo íntimo do flerte, do beijo, do coito, eram já estatística, tendência. Nenhum gesto mais gerava singularidade ou pertença. Eu abolido, a rebeldia gesto esperado, o espetáculo para entreter, a punição exemplar, uma execução ao acaso, espetacular, que regulava o ecossistema, a justiça divina feita justiça do Estado, a solução genial dos diretores do streaming, não importa. A assunção, aventura e gozo, tudo para a aniquilação.

Devolva-me a boca lanhada, a secura salgada, o suor, a fricção. Devolva a ideia de um dia diferente do hoje, um lugar diferente do aqui. Uma falta que advenha poema, corrida, beijo, mordida. Uma dor.

Como foi difícil recusar a primeira asinha de frango oferecida ao acaso, na hora certa, no segundo mesmo em que o simulacro da fome se apresentava. Refrear o natural movimento do prato à boca, a satisfação crocante e o toque saboroso da pele gordurosa à língua. Tomar cada coisa com seu valor de face redefinido, como compensação por outro fracasso. Depois era atravessar a rua para não ver o melhor diretor de séries e fazer parecer que era um tremendo acaso dentro do primeiro acaso. Ai, a minha recusa, a minha recusa. Minha silenciosa, minha íntima recusa.

Quanta força para sair do padrão, para tentar estabelecer a não coincidência entre estímulo e inundação calculadamente prazerosa, para não aceitar o presente do acaso, o voto subitamente desejado, a puta que surgia no momento exato de frustração. Ai, que difícil não tomar a cerveja na hora da cerveja, não comer o churrasco na oportunidade do churrasco. Trair todos os protocolos para manter ainda algum traço de vida singular.

Por isso, não vou hoje pronunciar o seu nome. Seu nome. Aprendi que o silêncio guarda a alma contra os algoritmos. Minha maior homenagem hoje é a minha recusa. É meu medo de te encontrar pela rua. É meu medo do seu olhar, imprevisto, não calculado, do tamanho da minha fúria.

Recuso ser o fantasma, o incompreendido, o que partiu mesmo sem ter ido. Recuso, e por isso fui sendo expelido pelo ecossistema. Os assuntos razoáveis discutidos na mesa do bar ou do restaurante, as horas comentando a vida dos colegas, a certeza de que cada um fazia sempre a melhor escolha. Viagens inéditas das quais ninguém fazia parte, viagens para saciar o tédio, reforçando-o. O melhor do melhor do melhor.

Minha insistente cabeça dura que encontrava em você uma queda sem chão. Perder a dimensão da queda e se deixar não saber. A fragilidade.

Até que os cães venceram a disputa e eu me transformei no osso da recusa.

Pior que qualquer vampiro, te mantenho viva, em mim. Agora vou guardar seu nome, não dito, incógnito, impronunciado, nesta noite suja de 1980, em que existo ainda menos que antes, e muito menos que depois. Por meu amor anacrônico. Por meu cuidado extemporâneo, por minha insistência e por minha recusa.

Um grito seu que diga o que jamais pensei, uma carta sua que me surpreenda como um tiro. Um gesto quase incompreensível de quem nunca vi. No coração do insabido.

Taboão da Serra, 12 de outubro de 1982.

Não tem papel de carta nesta casa, não tem bloco de anotação. Deixei os pães na bacia e guardei-os dentro do forno. Escrevo então esta mensagem para você aqui neste saco de pão, com a caneta que achei ao lado do telefone.

Acordei e estava aqui, resolvi sair pela rua. Ora, não me lembrava que as ruas de 1982 não eram ruas em preto e branco. Tudo tem sua cor, que não se confunde com as películas estouradas. Tudo cheira a realidade nesta era. O neon que me consome a vista com uma ternura e uma melancolia insuportáveis. As pastilhas aplicadas sobre os azulejos, os pisos de caquinhos, o cimento queimado nos quintais das casas e as garrafas de refrigerante de não mais que um litro.

Nas ruas, as mulheres noturnas, com suas calças decalcadas na pele, as cores primárias gritando que tudo é novo, mas se repete a cada trinta anos. Os retângulos de papel para tomar os trólebus, vacilantes entre os fios da rede pública e os rastros de trilhos que invariavelmente rasgam o chão. CMTC, EMTU, e eu me perguntava como é que tinha na carteira o necessário, os poucos cruzeiros e apenas um castelinho. Uma identidade amarfanhada no fundo da carteira gorda e nenhuma coragem de olhar para foto ou o nome, o medo absoluto pela semelhança, pela repetição, pelo que poderia me definir num tempo que não me pertence, onde não estou tampouco certo de encontrar qualquer coisa que buscasse. Um vinco perturbador na frente da calça, um lenço quadriculado no bolso. Como é caminhar?

Figueiredo me olha do quadrante inferior do Notícias Populares enquanto espero o ônibus para Santo Amaro.

Minha camisa laranja ajustada ao corpo, botões marrons em profusão, os quais combinam com o mocassim que a barra da calça mal deixa ver. Tudo é visão a meu redor, tudo é memória que me rói as retinas. Faz quantas décadas que não vejo tantas carnes e pelos se insinuando por aí?

Erro pela Galeria Borba Gato e penso em Baudelaire. Como uma pizza de mussarela na Quinze e penso em Adoniran, mas não o encontro. A biblioteca fechada. É sábado. Sem perceber, estou diante do Cinemar. Não distingo o filme na tela, uma fotografia da realidade que era a única de que me lembrava, mas que já não coincide com o movimento das ruas. O mundo não se parece com aquele cinema recordado.

Figueiredo, Tancredo, tenho medo de tudo. O filme não me redime. Bebo um chopp, dois chopps, três chopps, a batata de casca suja não tem o gosto da que depois me acostumaram a aceitar como o normal. "Qual das quinze décadas vividas é a minha?" – me pergunto na cidade em que já não conheço ninguém. Em que ainda não conheço ninguém. Em que não me conheço.

Você entendeu o mistério, Milena? Você não está aqui também. Faz quase um ano da morte da Elis. Aquela coisa que misturaram na bebida dela. Penso na bebida verde que te fiz tomar. Sem láudano, sem torrão de açúcar, em busca da iluminação. A voz rouca, louca, os rompantes, a arte na vela em brasa, tudo coincidência na cabeça falante da caixa de areia da televisão.

Você me faz o favor de trazer outro chopp? Você pode me dar um abraço se a noite esfriar mais com o disco do Piazzolla que toca no fundo do salão, na última caixa de som que ainda funciona?

Essa mulher sentada na minha frente na mesa, que não identifico. Os lábios grossos. Não pode ser você. Sinto o toque do seu dedão direito, que me varou a meia fina, me roçando pelo hall de entrada do sino da perna esquerda. Uma falha da unha que captura um pelo da perna – isso permitiria fertilização in vitro pelo idos de 2032, mas no preciso instante qualquer ciência me escapa. Palpitam as veias do corpo e a miopia avança como coisa feita.

Acordo na manhã seguinte nalguma cama perfumada da Barão do Rio Branco. Não quero pó, não quero pão de queijo, não quero beijo, isso é tudo quanto posso dizer. No ponto de ônibus, tocavam os sucessos do Rei, um radinho vermelho da Ford numa barraca de bolo e café. O meu, tomo com leite e me pergunto o que estou indo fazer, pelo segundo dia seguido, naquela casa no Taboão.

Taboão da Serra, o dia da ressaca de outubro de 1982.

Chego em casa, você está se levantando para ir trabalhar. Passa por mim e entra no banheiro. O gotejar fraco da ducha cruza a folha fina de madeira da porta. Em menos de cinco minutos você sai, enrolada na toalha, passa pela mesa da cozinha onde agora passo margarina numa fatia de pão. Vindo na minha direção, mas sem me olhar no rosto, você segue para o quarto. Não sei bem o nome da roupa que você pôs, é algo formal, tons pastel para suportar um dia num escritório. Será que você tem carro? Não vi nada na frente da casa quando entrei.

Provavelmente estamos em crise. O olhar baixo, interrogo sua roupa, pois não me atrevo a fixar o olhar em você. Você se dirige a mim com tanta frieza, que não aprendo nenhum nome ou apelido meu ou seu. Definitivamente somos um casal em crise. A casa é pequena e parece que só moramos nós dois. Por que não tivemos filhos? Você é uma mulher atraente, embora se note a quilômetros o seu ar cansado. Quando você se abaixa para apanhar a colher de café que estava perigosamente na beira da mesa e vejo raízes brancas no seu cabelo castanho.

Precisa pagar o aluguel e não tenho tempo de ir ao banco – você troveja. Começo a responder que sim, claro, mas quem dá a tréplica é o barulho do portão batendo. Sinto um oco na barriga quando fico sozinho. Interrogo as paredes amarelas da sala em busca de um sinal sobre mim ou você. Não topo com nada. Um sofá creme de dois lugares, uma cadeira estofada, a televisão com a caixa de madeira, acho que Colorado. Tenho vontade de ligar para ver acenderem as válvulas, mas um mal-estar me invade. Queria saber o seu nome, saber a história dessa casa, mas não conheço nem o meu rosto. Caminho até o banheiro e esquivo meu olhar do espelho, que fica justo ao lado do vaso. Puxo a cordinha da descarga e descubro que não temos água.

Pagar o aluguel. Deixar a casa intacta. Não polemizar com você. Onde estará o outro de quem ocupo o lugar? Ele só volta quando eu partir? Penso em ligar a televisão, agora não mais pela válvula, mas para saber da situação do país e do mundo, via satélite. Ainda me dói a cabeça pela bebedeira. A mulher do bar, definitivamente, não era você. Quantos dias se passaram afinal? Deixo-me no sofá olhando a tela verde indiferente. Que horas será que você volta?

Levanto e vou procurar seus rastros no quarto. A cama talvez ainda esteja quente. Deito-me no seu lugar, para sentir o perfume do seu corpo: o cheiro não me ativa nenhuma memória: suor e tabaco. Bitucas transbordam de um cinzeiro redondo, transparente. Num repente, olho para o meu lado do criado mudo: vejo um envelope carimbado, picotado do lado. Vacilo e não me atrevo a tocá-lo.

Viro de bruços, enfio o nariz em cheio no seu travesseiro. Uma nota amadeirada que se insinua sob o tabaco. Seu cheiro. Penso no seu beijo com gosto de nicotina, quando teria havido desejo. Não consigo. Alguma vontade louca para fazer a gente vir morar juntos nos confins da cidade, noutra cidade. Ou apenas o senso de praticidade? Uma gravidez que terminaria se interrompendo? Fuga para um lugar mais discreto, ocultar o que a gente realmente fazia nos tempos incertos? Agora sinto você, outra vez. Me remexo em cima do seu corpo, e imagino que abraço sua cintura, sob mim. O meu peso secular sobre sua silhueta jovem. No seu pescoço, sinto na língua o álcool do perfume. Fecho os olhos e sei que há cavalos trotando pela rua de trás, ao menos dois. Uma criança chora na casa ao lado. Mais ao longe ainda latem uns cães, e um carro de polícia passa a toda velocidade. Pelo barulho do motor, só pode ser uma baratinha. Adormeço, ignoto e adaptado.

Puerto Franco, 13 de novembro de 1983.

Hoje eu enterrei um menino.

Deixei-me ir estrada afora. Não era o plano, mas o que é um plano? Há tempos sei que minhas palavras já não são para você. Não é difícil de calcular que um de nós morreu. Há tempos sei que fui eu. De você, Milena – escrevo seu nome – não me atrevo a interrogar.

Entrei no ônibus de destino mais distante, neste continente de estradas infinitas – um fardo de pão, um pouco de água, uma caderneta, duas canetas esferográficas e o sentimento do insulto, o desespero do tempo perdido, a frieza de quem sabe que tudo caminha para trás.

E por que então, no tempo que me resta de vida, troco a visão da janela pelas linhas do papel? Porque troquei sua existência por esta insistência. Porque troquei morar por fugir. Porque amigos não há. Espectros a meu lado tomaram o ônibus, e o único que tenho de valor são os dólares, o papel moeda do país vizinho e umas pepitas de ouro de uma serra pelada e consumida.

Não sou inventor. Você sabe. Sou um homem doente. Doente. Um homem que nunca quis se suicidar, que apenas quis seguir um caminho a partir de certo momento, qualquer caminho. Numa terra em que já não há caminhos, em que já não há países. No território das cicatrizes, sonhei o momento anterior da pele. E quem há de me culpar? E quem há de lançar as garras da lei sobre meu corpo cansado?

E ser estuprado pela polícia, e ser estuprado pelos encarcerados, e ser estuprado pelo carcereiro, e ser estuprado pela Milícia, e ser estuprado pelo banqueiro, e ser estuprado pelo dono do puteiro, e ser estuprado por ser o ponto fraco, nunca o ponto forte. Ser o fodido da peleja sempre perdida.

Juro que voltarei, que tentarei de novo, que reconstruirei a maquinaria, que farei o feitiço, que promoverei o meu sumiço entre as brumas, guiando uma brasília, e que chegarei do outro lado da viagem no tempo, e que lá haverá papel para contar.

Ainda que soubesse que talvez não te encontrasse, e ainda que não soubesse quem seria eu do outro lado de fora, quem pudera ser, insisti pela fuligem do centro de São Paulo, pela terra vermelha da periferia, pelas estradas esburacadas que me levaram à Argentina com a velocidade de uma associação pouco mais do que confusa. Para que os dias insistam, Milena.

E foi assim que eu conheci Moema, a índia.

Do banco da frente ela me encara, com um esgar que pode ser um sorriso ou a prova de alguém que se desacostumou à alegria. Sem dizer nada, sai de onde está e se senta do meu lado no ônibus, e me fala numa língua entre familiar e incompreensível. Não digo nada. Ela me oferece uma chipa, me oferece sua cuia de mate, e quando me mostra o filho, vejo que seu semblante se turva e que seu olhar se demora em mim, como que a esperar uma resposta.

Um menino índio feito ela, os olhos fechados, roxos, e as mãozinhas que, quando as toco, retrocedo, porque têm a pele fria da pedra alheia. Sinto que meu rosto se molha e que quando toco minha face, meus dedos têm algo de terra. Entendo, ela quer que eu desça com ela para enterrar o menino.

Sem uma palavra, salto no descampado com a moça. E se não vou a lugar nenhum, ao menos é possível estar com ela. Um campo amplo de terra vermelha, cortado o silêncio por uns poucos carros que nos deixam o rastro vermelho e fumaça e barulho quando passam a muito mais de cem.

Ela me olha com o menino morto nos braços, seus olhos pequenos de índia de não mais de trinta anos. Pela primeira vez não desvio o olhar e vejo que ela mantém o seu. Atrás, uma placa de trânsito que parece possível de arrancar. "Dê a preferência" tem a quina que me serve. Arranco a placa e me ponho a cavar. Uma cova feia, disforme, mas boa para acolher o pequeno índio. Diria que não choro, mas vejo gotas de mim no fundo da cova, vez por outra atingindo uma saúva.

Esse menino tem a pele vermelha, meio roxa, dos que partem, penso. E não consigo avançar no pensamento. Moema, quero chamá-la assim, me acompanha atenta, abraçada ao menino. Terminada a cova, olho nos olhos daquela que perdeu o que tinha, e ela me fita com a firmeza da outra vez, e depois desloca sua pena infinita para o rosto indiferente do garoto. Seus braços torneados com firmeza se estiram e me entregam o feto. Respiro fundo ante o peso insignificante que me faz tremer inteiro. Olho com uma pena imensa para a desconhecida, mas não consigo sustentar dessa vez nenhuma muda parolagem.

Me aproximo da beira da cova e vejo que ela não reza e que já me deu as costas. Ajoelho-me não por contrição, mas para poder, com o maior cuidado, depositar os braços do bebê no fundo, sem manta, sem caixão, sem círios. Custa-me sentir que ele toca a terra, como custa-me cada punhado de terra vermelha que vai cobrindo, sem pena, seu corpo tornado natureza. Moema continua de costas, não se vira, não se agita. Termino.

Eldorado, 2 de dezembro de 1983.

Milena, hoje faz um mês que conheci Moema. Estranho lhe escrever contando de outra mulher. Ou devo finalmente admitir que isso de carta se transformou em diário. Porque faz tanto que não mando mais o que escrevo para canto nenhum. Porque na verdade nunca mandei a você sequer uma linha. Porque, de verdade, tenho medo de que você esteja morta desde o dia longínquo em que percebi que você já não vivia na casa do gângster.

Mas se o que digo virou mesmo um diário, estou a escrever para quem? Para mim mesmo? Eu, que sou tão desprezável, tão besta como missivista quanto como leitor. Para que escreveria para mim? Podia pensar que é uma carta para qualquer amigo, mas faz tempo que perdi os meus. Se você, Milena – ideia, lembrança, saudade –, não for a destinatária do que digo, vou escrever isso aqui para quem?

Ao mesmo tempo, queria contar de Moema, meu imperativo. Desajeitado, quis abraçar aquela mulher pequena. Oferecer ao dela um corpo quente que fosse tirando a lembrança do corpo frio que ela carregava não se sabe há quanto tempo. Que ficara mudo. Que ficara pedra.

Primeiro, passei a mão sobre os ombros da moça, ao mesmo tempo em que ela se voltava inteira para me abraçar. Agarrou-me com fúria, mas desvencilhei-me dela num repente. Moema era pequena, não se comparava a César, imperatriz de Franco da Rocha.

Pensei em perguntar se ela queria um aviso sobre a cova, mas logo desisti. Ela me olhava atônita por eu haver recusado o abraço depois de tê-lo eu mesmo o esboçado. Fiz-lhe um sinal com os olhos, indicando um posto uns metros à frente, pois imaginei que nossos corpos, agora que saiam do transe imediato da morte, teriam algum apetite. Ela aquiesceu e caminhamos em silenciosa marcha.

Ao nos sentarmos nas cadeiras de madeira, e sem mesmo precisar pedir o prato, nos serviram uma carne guisada, uma mandioca cozida, umas esquálidas folhas de alface que eram a base de um enfeite finalizado com uma rodela disforme de tomate, ao lado de uma pequena cesta com dois pedaços tristes de pão, sem manteiga sequer, duros. Pedi uma cerveja.

O silêncio que nos constituía a interação deu lugar aos golpes do garfo no prato surrado de tanto servir. Enchia os copos continuamente com a cerveja do vasilhame, até que Moema riu, quando percebeu que se servia do meu copo.

Estremeci da descoberta. Do riso de Moema. Então percebi que era preciso contar logo para você mais e mais sobre ela, antes que ela passasse a ocupar o próprio espaço da vida, do que recusa o relato e se transforma na matéria dos dias.

Nem bem me despedi da índia com a desculpa de cuidar da chegada de um carregamento de madeira, me sentei à beira da Ruta 12, onde não passa ninguém. E minhas palavras não passavam dessas duas páginas. Agora já nem me dou ao trabalho de destacar as folhas do papel desse caderno incógnito que está agora a meu lado. Não sei se fui eu a preencher as páginas que antecedem a esta, não preciso saber o que escreveu o outro. Se, na verdade, Moema não era a legítima esposa, a confidente. Não era, não poderia ser. Ela estava siderada com a face dócil da morte, que se sobrepusera à luz de um filho.

Quando ontem Moema me olhou no fundo dos olhos, com medo, com raiva, dureza, como se me odiasse depois de puxá-la com mais força ainda para perto de mim, quando inclinou a cabeça ao lado, a fúria tinha dado lugar a um riso que ela não continha e que começava a me perturbar. Temi pensando que eram os espíritos, pensei, os espíritos dos ancestrais. Como se o transe fosse Moema em conexão com a herança que a constituía, como o ponto que reúne a história passada, a história futura, na conjunção abissal de um impostergável agora.

Mas depois, já menos besta, de golpe, ao sentir como me inundavam seus óleos, parei de conjecturas exóticas e gozei junto com ela, talvez pela última vez.

Eldorado, 4 de janeiro de 1984.

M.

Está bem, já sei que você não é Moema. Que você não está aqui e que o empuxo da crise me faz te procurar até entre as pernas da mesa posta de um boteco argentino. Primeiro, pensava que poderia vir ao passado para te resgatar, para impedir que você fosse exilada e que morresse no exílio, nosso filho no seu ventre. Mas depois, não sei, pensei melhor, nunca me chamei Luis Carlos, e nossa década era outra.

O excesso de história por vezes me confunde, meu amor. Já sei que não existe redenção. E pensei melhor que era da inadiável viagem do fim dos anos oitenta que era preciso te livrar. Que com sua reputação em jogo era preciso mesmo ir embora para sempre.

O medo que tive dos arapongas. De que fossem também destruir minha pouca respeitabilidade. Um passado covarde para eu reverter. Mas onde acaba o seu corpo, pergunto? Onde? Não sou eu também um Edgar numa viela de Baltimore, nos séculos dezoito, dezenove, vinte e vinte e um? Não sou também ele sempre a morrer, repetindo o seu nome? Antes de nascer, antes de morrer, não estou sempre eu a espreitar uma mulher como você, Berenice?

Vou lhe dar todo o gozo possível ou vou lhe arrancar os dentes quando você já estiver sepultada? Será, querida, que vocifero de um ponto insabido da história, pelos seus seios túrgidos que tive junto a mim na primeira noite, ou será que apenas quero salvar sua memória depois de você já ter sido morta pelos nazistas e, ato contínuo, desqualificada pela imprensa local?

Sou o justo rabino que quer te ensinar algo da árvore da vida, ou o ginecologista que te estupra depois de te sedar e te deitar na cama? Sou o que tombou também depois de duas semanas de tortura numa cela do DEOPS ou o que aperta o botão do choque? Sou o presidente que defende a tortura ou sou seus eleitores?

Lenore, Ismália, Olga, Hilda, Clarice, Alfonsina, Berenice, sei que sua vida é mais difícil que te dar sete nomes. Seus cigarros Hollywood à beira da cama, a cicatriz das bitucas desenha, na madeira mal envernizada, a trajetória da sua passagem pela minha vida, se você não tivesse se mudado tantas vezes de casa, em busca de outros sonhos, em fuga, os projetos escapando a cada novo golpe. Sei que os homens vacilam, não são os príncipes que mamãe sonhou.

Tem que trabalhar, dizem, tem que seguir em frente. Para não depender de homem nenhum, tem que se matar trabalhando no escritório, no caixa do supermercado, ou sair da casa da família para ser puta de luxo em São Paulo. Pastor Davi Miranda promete com gosto uma vida mais digna para você: de saias compridas, cabelos sem corte, o buço cabeludo e a glória ao deus cavernícola responsável por sua submissão. O pastor Davi Miranda não sabe nem de longe de sua pulsão.

E jurei viajar no tempo para te resgatar, Milena. De Hitler, de Vargas, de Médici, de Geisel, de Figueiredo, de Bolsonaro. Jurei que você poderia ter comigo o filho se quisesses, nem que fosse preciso viajar no tempo. Mas mesmo conseguindo voltar a 1500, mesmo afundando a esquadra de Colombo, as naus de Cabral, mesmo revogando as bulas papais, ainda assim, sempre chegava outro golpe, que dava em cheio com o mesmo acontecimento. As mesmas Índias feitas nada. E você de novo exílio, tantos anos depois.

Juro que queria te buscar, juro.

Santa Ana, 10 de janeiro de 1984.

Nunca se acabam as tais oito semanas? Já não sei que horas volto para a sala carrancuda do Juquery, se já não terei sido tomado para sempre pela fúria de Júlio César. Se não terá arrancado minha sonda peniana. Se o Deus Vivo já não habitará em mim. Como dizer se o outro já não se apossou do que fui, se não fui capturado pela Milícia, e meu corpo jaz numa cela, em busca de uma confissão. Teria eu te delatado, Milena, entre golpe e golpe na cara? Teria eu sucumbido ao peso do Estado Assassino?

A ressaca infinita de 1984.

Minhas mentiras ébrias, minhas mentiras de ressaca. Eu ia continuar a carta, depois que tomasse minha cerveja. Mas acabei deixando quando voltei. Isso foi na semana passada, na semana passada era o ano da graça de 2037, depois do ano da graça de 1983. Nesse fluxo não linear que me toma e eu não controlo a máquina nem a moira que a maneja nem o carrilhão que me despeja – vísceras e soluços – a outras paragens sem ti. Não controlo nada. O que anotei num caderno noutro século ou país é pura dor ou pura contingência.

Avance sem olhar para trás, me dizia ela. Não vacile. A maior treinadora de gorilas, a minha coach da outra vida. Pois então. Tenho que te contar do Inspetor Guarany. Quando você voltar, já terão derrubado as casas, já não estarei mais, estarei na cadeia municipal, privado de minhas faculdades intelectuais, lobotomizado. Ou terei partido. Pode ser que eu tenha ido ao bairro dos judeus, porque a música nos liberta de nós mesmos. Espero que o vizinho futuro te encontre mais tranquila do que eu nesses últimos tempos.

Que ele não caia na besteira de atacar os assuntos dos quais você não consegue se esquivar. Que ele tenha a leveza que me faltou. A leveza que se transformou no peso de viver na cela, hoje em dia, como um neanderthal. Pois se é para ter o vínculo com a cidadezinha, melhor te repreender do outro lado do oceano. Nós, os intolerantes, somos assim.

Quero te falar uma coisa. Escorreguei numa fresta do tempo. E vi o que juro que não queria ver. E que sei que você vê também agora, quando nossos olhos se encontram, aqui, na página, onde você sabe mais do que nunca que estou falando com você. A morte. A minha morte.

Guarany me olha nos olhos: vai dar o serviço, filho da puta. Vai dar o serviço, seu paraíba de merda. Vai dar o serviço, filhote de macaco, refugo de quenga. Vai dar o serviço, comunista arrombado da porra. Vai dar o serviço, vai dar o serviço, vai dar o serviço. Não adianta, tenho a vida inteira, e minha vida inteira vou passar aqui, na sua frente, até você me dar o serviço. Se estiver muito difícil de lembrar, tenho uns remedinhos para a memória. A gente sabe que quando vagabundo tem problema de memória, esquece fácil as coisas, os nomes dos comparsas, precisa de ajuda médica, e vim aqui para te tratar, seu merda, seu bosta. Seu refugo do lixo do chorume do lodo. Vou ser seu pesadelo, vou fazer cada nome, cada detalhe voltar nessa sua cabeça comunista de merda. Pode me chamar de Doutor Guarany. Sua vida acabou.

Guarany me olha. Ele tem um coturno brilhoso, preto, são mais de cinquenta passadores para os cordões. Engraxado como se o tivessem polido desde o tempo de minha infância. O cheiro de graxa Odd, que não sentia há mais de um século. Foi assim, exatamente assim, que chegou o diabo para me fazer sucumbir.

Gritava que todo mundo sabia que não tinha mais prisão política no começo de 1984, que a porra da abertura, que a garantia dos direitos individuais, que... Entretanto, o bico do coturno de Guarany não se curvava a evidências. Aqui, meu compadre, tem uma hierarquia desde antes de 1937. Respira fundo e vem comigo, que assim você vai dizer tudo o que a gente precisa. E você não vai nem perceber que falou. E nem seus amigos vão saber que você falou. Só quando vocês se encontrarem outra vez no inferno.

Vai dar o serviço, arrombado. Vai dar o serviço. Vai dar o serviço.

São Paulo, 2 de maio de 1964.

Mas ele pensava o quê? Na primeira noite, me deixou sozinho, e repeti o protocolo. Nisso ao menos eu sou bom. Acordei aqui, ainda mais tempo antes, em condições de te encontrar na saída do clube, juvenil, tomando um Chicabon. Antes, bem antes da crise do trabalho, da sua crise comigo, do seu cenho franzido o tempo todo, do seu tailleur pastel, do seu salto baixo, da cor do esmalte discreta, da discrição empresarial que foi transformando você na mulher invisível. Pura eficiência discreta. Aquela que, no dia da secretária, tem seu momento de glória e diz: "Se diz por aí que por trás de um grande líder há uma grande secretária, e eu digo o contrário, que por trás de uma grande secretária há um grande líder". Ninguém entende muito bem o sentido da frase, mas apoiam com olhares condescendentes e palmas discretas. Antes, bem antes disso tudo. Nos tempos da tranquilidade. De ouvir os compactos na vitrola e esperar para levantar a agulha. De ver o leite subindo na chaleira e desligar no exato momento anterior ao transbordamento. A espuma cheirosa ocupando a sala. No tempo do pão na frigideira sendo tocado pela manteiga que ia se derramando até a borda, a pingar no prato. Lá. No momento exato em que ainda não estava dado o vício irremissível do que se chamam a responsabilidade e a vida.

Eu, sempre semelhante a mim mesmo, te farejei a metros de distância, não sei explicar. Fui seguindo um fluxo de uma rota sempre sabida. Até que topei, no fim da rua, com você, saindo da escola, um sorriso gatuno que destruía quarteirões no entorno com sua mera existência. Toca-me sua presença e já me sinto, no mesmo instante, mal com sua beleza menos que juvenil, adolescente: o semblante fresco e mortal amparado pelas pernas roliças, a saia de pregas xadrez, as meias três quartos e o sapato de verniz. A blusinha branca mal oculta o que terá sido um dos seus primeiros sutiãs e eu, o quase bicentenário, desvio meu olhar de você para não incorrer, a um só tempo, em pecado mortal, pedofilia e incesto, pois o que vejo diante de mim pode ser tudo, menos minha mulher.

Alguém vem te buscar. Um borrão na cena, desfocado por sua própria circunstância. Ele vem de moto e você, sem cerimônia, o abraça pela cintura. Ato seguido, sinto que você me olha, montada na Vespa, e esquivo o meu olhar. É tanto sonho para terminar assim, e penso com meus ares de 2036: por que é que a vida não é desfocada e em preto e branco? Por que é que as lembranças fundamentais têm agora cor, cheiro, volume e quase textura diante de mim?

Como nunca, senti subindo pela minha nuca o desejo inapelável de morrer. A posse do tempo que me destitui de minha própria lembrança e vida. Depois de décadas, minhas lembranças são crime – nem costume nem memória, crime. Homem de quase duzentos anos que sou, me derramo em salamaleques para um holograma provocante, que não devo, sob nenhum aspecto, desejar, sem terminar por infringir os códigos de todos os tempos. Todos. Por que foi que meu sono me trouxe até aqui? Por que simplesmente não fui parar numa usina, numa sala de tortura, numa sessão sonolenta dum congresso fundamental? Por que o desabrochar da vida selvagem no corpo da menina? Uma forma de tortura.

— Não te conheço de algum lugar? O senhor não é amigo da minha mãe? – parece que você dispara para ver se eu morro. Para ver se reajo. Para ver se acuso algum dos muitos golpes que você desfere, mesmo antes de pronunciar a primeira frase. O universo se esvai. Tenho muitos clientes, faço visitas domiciliares. Sou vendedor da enciclopédia Barsa, nada me é alheio. Faça o favor de consultar meu nome no tomo não publicado e você há de entender porque fugi, porque morri, porque me transformei de muito em nada para você. Não insista, não me procure. Minha vontade neste momento é de me atirar ao inexistente mar.

Não sei quanto disse. Você me olhou estranhada. Quantos encontros falhados até finalmente estreitar-me, não apenas a seu corpo, mas a algo que perdure aos primeiros anos do amor, algo que não se ressinta do arrefecimento dos anos, ao desencanto político, à prole mesquinha e egoísta, ao envelhecimento do corpo, algo. Isso que escapa, véu, máscara, meias, capa. Isso que anda sempre ao largo de minha boca, sem poder ser nomeado. Isso que te faz vir a meu encontro, em tempos disparatados, enquanto te procurava do outro lado da rua.

Insubmisso cachorro no circo. E, entretanto, você não partiu. Ficou me olhando, estranhada. E finalmente me chamou para tomar uma garapa. Não era Chicabon?

— Você acha que eu só gosto de uma coisa? Parece que nem conhece a minha mãe.

Na justa hora em que o pedófilo ataca, me pergunto, por que você não fugiu?

São Paulo, 3 de maio de 1964.

Nos fundos do Paribar, ali mesmo no Centro, nos jardins que davam à Biblioteca, antes da Grande Ruína, foi que te convidei a nos encontrarmos. Seus olhos me liam enredos impossíveis de glosar. Te convidei para sentar num banco. Ia te contar qualquer coisa, dessas que um homem bicentenário é capaz de inventar para produzir um instante de intimidade com uma mulher de outro século. A chance perversa de elogiar um anel, se você fosse mulher feita, ou de mexer no seu cabelo, se você tivesse ali joaninha, folha de avenca ou um floco de dente de leão, que era tudo o que esperava ou queria criar. Não sabia a fronteira de meu atrevimento e queria experimentar os limites. Andava tão cauteloso, andava tão atirado que, diante de seus olhos, era todo um avançar e volver.
Você não se sentou. Ficou me fitando, interrogante, como se eu fosse ainda o indecifrado. Não podia com conversas amenas. Queria apenas chegar mais perto de seu pescoço e saber que cheiro, afinal, havia de estar depositado no recôndito de sua pele. Se talco, água de rosas, desodorante ou seu suor matinal. Uma pulsação que eu sentia. Como os cheiros mudam através dos séculos.
Não tenho que estar aqui. Podem ser múltiplos os tempos, mas há lugares em que não se deve estar. Sinto que passo, com a velocidade dos corcéis, das histórias não imaginadas, do mensageiro do nunca dito e que apresento pergaminhos em línguas pouco menos que esquecidas. Você me assiste ora estupefata, ora absorta, pois estão meus dois olhos também a te interrogar. Você tem certeza de que isso não é o que os antigos chamavam de "o aleph"?

Quando as expectativas se vitrificam numa cena da via crucis, quando o deus é, ao mesmo tempo, magnânimo e covarde, quando os ventos acendem a necessidade do não ver. É então que esse abraço à beira da ruína ganha o sentido da fecundação antes de o capitão nos lançar ao mar. Os corpos novamente, e pela primeira vez, encostados um ao outro. Ainda antes de se acomodarem, ainda ante os choques de umas partículas que se confundem, você que prega liberdade, você que quer aprender a sintaxe da queda livre, você retrocede. O encontro no tempo impreciso. A dobra da cronologia. Você dá um passo atrás e apenas seus dedos tocam a ponta dos meus.

A superfície da sua pele terá tocado uma carne futura, a minha reencontrava um toque sabido. Você se vira, eu atônito, e parte sem olhar para trás.

São Paulo, 6 de maio de 1964.

Milena, hoje me sinto melhor. Escrevo seu nome como coisa normal. Como se fosse normal escrever para você que não encontro nunca, ou que encontro sempre, em todas as mulheres de tantas idades que vou vendo ao longo deste caminho errático dos paralelepípedos do tempo. De toda forma, escrever a você me consola, me organiza, me tira do fluxo louco. Escrever é tudo o que tenho. Tenha paciência comigo. Vou contar uma história, como a gente fazia nos primeiros dias, antes de tudo se complicar tanto. Começa assim:

Hoje fui ao Correio Central com o que tenho do que te escrevi. O calhamaço e eu. Falei para a atendente que queria te mandar umas cartas. Ela ficou me olhando. Disse que não tinha como mandar um envelope assim. "Assim?" – eu disse a ela. "Sem nome nem endereço, e muito menos CEP do destinatário, meu senhor, não vai chegar a lugar nenhum. Sem nem o seu nome. Não tem o que fazer". Insisti com ela que não tinha seu endereço, que não sabia seu nome nesse ano, dado que só te conheceria muitos anos depois, em circunstâncias difíceis de explicar ali para ela no guichê, tão perto da hora de fechar.

"Meu senhor, veja bem: o que é que os Correios vão fazer com uma correspondência assim?" – ela perguntava, como se minha proposta fosse um absurdo completo. Tudo o que eu podia fazer era convencê-la de que minha demanda era corriqueira, que se ela não tinha nunca recebido um pedido daqueles era porque não havia trabalhado ainda tempo o bastante.

— Quem sabe ela não vem retirar aqui na agência? Essa não é a agência central, pois então... Não vem tanta gente buscar a correspondência na caixa postal? Quem sabe ela não vem dar uma olhada na posta restante... Ou ela te olha com cara curiosa assim e pergunta: "Não tem carta para mim? Foi um sujeito estranho quem trouxe, ele disse que não sabia meu nome, e que nem sabia se eu morava por aqui. Você não tem nada dele aí para mim?" – ela diria.

E você abanaria este envelope tão cheio de memórias que um dia, um dia de maio de 1964, no começo da sua carreira aqui nesta agência, eu entregara a você.

Pode ser uma história bonita que depois você, já aposentada, contaria para sobrinhos e netos.

— Não é assim que funciona. Eu, definitivamente, não posso receber um envelope em branco. Posso ter problemas com o gerente se cometer uma falta dessas. Se o senhor quisesse mesmo mandar essa carta, não teria vindo falar comigo. Teria botado na caixinha amarela na entrada. Teria me poupado e se poupado dessa transa sem pé nem cabeça. Mas não é isso que te interessa. O que você quer mesmo é estorvar.

Eu continuava, porque não posso desistir:

— Marlene, você sabe que não é verdade. Você certamente já entendeu que eu não posso aceitar um não seu como resposta. E a esta altura, você já deve estar até desconfiando de que não posso explicar o motivo. Que ia ser complicado para mim me expor desse jeito para você, uma cadeia de fatos que me excede em muito, que nem conheço muito bem. Mas precisava, precisava confiar a carta a você, Marlene, isso não é coisa que eu possa fazer com qualquer pessoa. Você já me ouviu até bastante. Agora você até sabe que pode confiar no que te digo.

Ela, irredutível:

— Sei nada, nem sei o seu nome, meu senhor.

— Ora, nisso você está igual a mim. Tudo o que sei, Marlene, é isso que está no seu crachá. Mas você sabe também o meu rosto. Sabe o que vê. E, quando, algum dia, ela vier procurar uma carta minha, se ela fizer isso algum dia, você vai me reconhecer no olhar dela e vai poder dizer alguma coisa dessa nossa conversa de hoje, dessa quarta-feira à tarde hoje tão nítida, que vai se manchar pela gordura do tempo, envelhecer, mas manter viva alguma reminiscência.

Para falar a verdade, Marlene, mesmo que você não aceite minha carta, essa história sem pé nem cabeça agora também é sua! É sua, Marlene.

Ela, irredutível:

— O senhor pode se retirar por favor? O senhor está tumultuando a fila.

E eu disse a ela que ia embora. Que ia ficar com a carta, não tem problema. Não tem nenhuma carta que não chegue a seu destino.

— Meu senhor, eu só acredito em cartas que cheguem com envelope lacrado, remetente, destinatário, selo, endereço completo e o nosso carimbo. Com menos que isso, não tem esquisitice que dê conta da mensagem.

Foi assim que fui ao correio hoje, nesta quarta feira ainda nítida e, como em tantas outras oportunidades, não postei suas cartas. Agora esta aqui, a carta que fala das cartas, se soma à infindável pilha. Ou será que algo deixei depositava na cara atônita de Marlene, como um ovo depositado pelo inseto que agoniza, e que garante que algo continue depois.

Continua, eu te pergunto?

Acho que paro aqui por hoje. Minhas frases de efeito, minhas enxaquecas com aura. Meus amigos sobrenaturais.

São Paulo, 7 de maio de 1964.

Queria te escrever estas linhas da sala de minha casa, onde vivo há uma semana. Uma quitinete na Barão de Limeira. Getúlio me olha depois de décadas sem que nos encontremos. Primeiro, estranho ele ter vindo me visitar. Pensava até que ele já tivesse morrido noutro tempo. Mas aqui ele continua vivo. Decerto, veio tomar um café para se curar da bebedeira. Será que ele sabe que eu não bebo mais?
Prometo ir buscar outra cerveja, pois não tenho café mesmo e nem onde encontrar. De repente, um apagão atinge o Centro inteiro. Todas as luzes se apagam a um só tempo, mas também os carros, as vozes, os radinhos à pilha. Tudo cessa com a fúria de um buraco negro e se detém. Sigilosamente, tento continuar caminhando para voltar à casa.
Talvez tenha sido um lapso, penso, apenas isso. Getúlio estranhamente segue mexendo nas coisas, imagino que esteja procurando por algo. Ele ergue o que parece ser uma mala de viagem, minha. Pergunto a ele, para ser amistoso, se ele tem visto Lúcia, nossa amiga comum de Xanxerê, com quem nutríramos, no passado, o gosto pela luta política, na época em que era moda ser intelectual de esquerda. Getúlio, o radical, um dia dissera na mesa da universidade, para duas estrangeiras que conversavam: "Vocês estão nesse país, falem a língua de cá". Enquanto Lúcia permanecia encantada pelo Peru, desde que descobrira Machu Pichu, sua paixão até ela passar a estudar as minas de prata de Potosí. Trinta anos depois, o Sendero Luminoso. Pasamontañas colocado, ela tinha uma hora marcada com Abimael Guzmán. "Onde

andaria Lúcia, seus devaneios latino-americanos?", perguntei ao Getúlio.

Será que ela ia querer vir pichar os muros do Centro comigo? A gente nunca falou sobre isso mesmo. Antes de me responder, Getúlio abre minha mala – será que ele sabe por onde andei? – e vejo caírem todos os meus objetos: a blusa de lã de alpaca, uns jornais andinos, minha roupa meio suja e meio amassada, umas quantas moedas, e o porta passaporte aberto.

Getúlio tem algo de inquietante, parece que sente a eletricidade da visita, tantos anos. O silêncio dele é quase recusa a uma resposta. Será outra pessoa? Getúlio arrumando a minha mala numa visita em que nem o café eu preparara ainda.

Sob o impacto da desconfiança, pergunto: "Eu sei que você não é o Getúlio. Quem você é?". Ele se abaixa para recolher os objetos que deixara cair. Levanta com agilidade, após uns poucos segundos, me olha de frente, no rosto, nos olhos.

Os traços familiares saem do esmaecimento e crescem, vívidos e imediatos, diante de mim. A imagem violentada: é meu rosto, são meus olhos o que vejo. O Aleph é sempre traiçoeiro. Desperto gritando e sem ar.

São Paulo, 7 de maio de 1964.

Você está por toda parte e em canto nenhum. Toda mulher pode ser você e nenhuma é. Quando estive a seu lado, quando, de verdade, te encontrei, você ainda não tinha se tornado você mesma.
É perturbador.
Quando decidi vir até esses tempos estranhos, a decisão foi racional. Posso provar que sim. A ideia era te encontrar a tempo, com minhas informações privilegiadas, fazer a Milícia cair. Impedir o terror. De quebra, começar de novo com você, de um jeito possível, menos viciado. Que não fosse te deixar no exílio e que não fosse me levar para a cadeia.
Mal sabia eu que você não me esperava em tempo algum. Miserável corvo que me olha do alto do poste. Você é o agouro de que ninguém quer nem saber o ditame.
Renuncio a te achar, Milena. Renuncio ao passado. Renuncio à Organização e a qualquer utopia.
O que temos é o mero dia de hoje, seja em que tempo for.
Esta foi a última carta. Sinto muito. Adeus.

São Paulo, 7 de maio de 1964.

Está vazia agora a praça Ramos de Azevedo, e não são nem sete da noite. Não tem ninguém na rua. Sento-me na escadaria do teatro e vejo que é impossível me localizar, porque estão em torno a mim todas as referências de anos de caminhadas. Nesta época o teatro ainda está de pé, são suas primeiras décadas. Ele e o Mappin se entreolham sem saber que desaparecerão com poucas décadas de diferença, ambos para servir ao projeto do Novo Vazio, o conceito de tornar submersa a vida social, invisível a cultura material, e deixar que os raios ultravioleta toquem apenas o chão. Percebo como esta tarde de hoje se parece com o futuro.

A cidade sem gente. Uma epidemia de escorbuto futuro vinda do leito salgado do rio sempre insurgente. Me levanto da escadaria e desço pelo Viaduto do Chá. O vale de sombras, de suas criaturas insabidas, defendendo-se da indistinção. Passeio agora pelo vale cheio de índios. "Anhangá", me diz uma voz, "vim cobrar da Moema os rastros de lua que você pisou. Vim saber da criança enterrada na fossa e não no casco excretor. Vim saber, errante traidor, porque você vaga sem atentar ao chão onde pisa. Você não observa nada e sua pele é lisa como a superfície das águas. Você não respeita nenhum ritual. Você abandonou nosso mundo".

Quero pedir perdão, mas não tenho nem idioma nem uma linha clara de defesa. Nenhum culto pagão ou cristão a evocar. Piso o chão da cidade e vou matando a erva que ainda há, nunca fecundei uma cova, nunca acariciei a superfície porosa da argila. Não trouxe ao mundo nada que não fossem palavras. Nenhum corpo, nenhuma planta, nenhum rastro de mim. Fugi, vaguei, escrevi e imprequei contra os céus e os homens.

Anhangá se cansa e já não quer saber de mim. Em torno de meus lamentos, um rastro de corpos vermelhos ensanguentados. A Terra se fazendo outra no tempo curto da minha vida. Homens de batina cravam cruzes e se curvam aos céus. Afugento a visão, tento caminhar na direção contrária, até que o vazio novamente se instale. Pego um pedaço de carvão e violo a parede dos Correios com fúria: "Fora, milicos!".

Parte III

A morte

Franco da Rocha, primeira hora do dia da volta. (setembro de 35?)

Tudo me dói, Milena. Sou uma caveira, mal posso levantar da cama que já sou acometido de uma tontura inglória. Embriaguez e ressaca sobre meu corpo. Se tento te escrever estas linhas deitado, minhas mãos começam a formigar. Sinto que estou febril. Minha cabeça lateja e minha visão varia entre o foco duplo e o foco nenhum. Não consigo fixar um ponto do quarto, qualquer que seja.

O som hipnótico do carrilhão aderiu-se para sempre à minha carne. O tempo ficou suspenso. Minha carcaça se espalha entre diferentes momentos. Tudo o que penso vem em termos desse sino sem-fim. A ponta do meu pau é uma massa de infecção e fungos. Escrevo esta carta para me organizar com você, para ter uma unidade.

Fracassei. Não te encontrei, no momento possível de te trazer de volta. Você, se é que era você mesma, era sempre alheia, como sempre foi, com raiva, circusnpecta ou qualquer outra coisa que minha paranoia sempre criou. Não houve um antes, Milena. Sempre foi assim.

Não sei como vai ser agora. Era minha última chance, reverter o processo. Agarrar-me à sua mão suada para ver se assim nenhum de nós dois caía. Agora estou de volta, sem você nem a Organização. O carrilhão me soando na cabeça. Meu pau lateja.

Ao acordar achei que Júlio César tinha invadido o quarto, mas é o cheiro que exalo de mim. Tenho o corpo coberto de uma camada trabalhada por dias nessa argamassa de suor e pó. Quero procurar um pouco de água limpa que seja, mas não vai ser nas torneiras daqui, onde as tubulações que restam só fazem circular um líquido ferruginoso impossível de considerar.

Precisaria chegar até em casa. Queria comer alguma coisa para ver se a dor de cabeça passa. Essa secura na boca. Como foi que não deixei nada de comida para a volta? Olho para o meu corpo e acho que não passo dos quarenta quilos. Coloquei uma bolsinha nova de soro, sem os estupefacientes e sinto que a vida vai retornando a meu corpo. Alguma vida ao menos e muitas dores.

Já desliguei o carrilhão eterno, o seu trilho cheio de nós, e coloquei uma fita do Chet Baker num walkman. Mas não deu certo. O carrilhão continua soando no fundo da mim, para sempre. Para que lado posso ir? Estou cansado.

O mecanismo ao menos funciona. Consegui viajar no tempo, o problema foi fazer isso sozinho, o outro problema foi não servir para nada. É preciso ter alguém que possa conduzir as associações. Só vaguei por desertos argentinos e paraguaios, e pela mesma velha e perdida cidade de São Paulo. No circuito fechado da minha cabeça. No apuro vago das minhas urgências e no medo de te ver. E quando te via, o que fazia, Milena? Estacava, como uma besta de carga, e não dava um passo adiante. Ao menos deixei as cartas com a Matilde, um dia antes de voltar. Quem sabe? Tudo garrafas ao mar.

Mas não buscava Matilde. Buscava você. E se não me atrevi a ir atrás de você no dia da sua fuga, como esperava te encontrar noutro tempo? Sou um imbecil desses que cai no ridículo na frente de uma plateia imensa. Agora penso que você deve ter me deixado indicações. Por que não fui, de cara, procurar as suas pistas perto da casa onde você estava? E agora que penso, tenho certeza que a Milícia, sim, foi atrás delas.

Tenho vontade de morder meu corpo inteiro de desespero, arrancar meus cabelos e me jogar debaixo do primeiro caminhão. Felizmente para mim, não consigo nem me levantar da cama. Não topo com a resposta. Para que lado correr? A quem pedir ajuda num dia como hoje? Por que foi que eu desliguei todas as minhas contas? Agora isso tudo me parece tão ridículo e inexplicável, que começo a duvidar da minha cordura para fazer esses planos que me meteram, frágil e indefeso, num beco. Mal consigo levantar desta cama.

O medo da Milícia não justifica eu ter cortado os laços com tudo. Não mesmo. Vou voltar a Itapecerica, assim que puder, para ver se encontro um dispositivo funcionando, que eu possa acessar e recuperar algumas das minhas contas. Porra, e se você tiver me mandado uma mensagem? E eu, na minha paranoia, não fiz nada. Nada. Que imbecil.

Por que não tentei contato com ninguém da Organização? Eles teriam me ajudado. Talvez você tivesse deixado um recado para eles. Mas meu amor próprio dizia: não, se ela não falou com você, ela não falou com ninguém. Babaca.

Caramba, tenho vergonha, confesso, desse ano inteiro escondido. Que militante de bosta eu sou, que foge das brigas e se refugia no passado... Vou reorganizar a brigada. Tenho que liderar uma nova célula. Não é difícil articular estratégias mesmo fora da Rede. Eles hão de pagar com vidas e a gente vai parar de ser cagão e ficar escondido nos buracos de ratos.

Eu vou escrever, Milena, para além dessas cartas, os documentos que preciso escrever, vou entregar os documentos com as provas, com todas as provas, que mostrem o que temos passado, e em algum tempo há de ter uma Comissão que os possa receber. Se eu viajei no tempo, não hei de ser o único. Alguma Comissão há de nos redimir, nalgum tempo, nalgum lugar. E eu hei de viajar em melhores condições, te juro.

Minha cabeça lateja ao compasso de mil carrilhões. O sangue nunca há de voltar a esse corpo de escombro e resquício. Acho que faltei ao funeral de mim mesmo, e agora que penso em Getúlio me digo que o velado era eu.

Bom, vou fazer o seguinte: tenho que me levantar dessa cama. Tenho que sair desse hospital. É claro que qualquer possibilidade está no presente, e não em nenhum outro tempo. Vou fazer de tudo para reerguer esse negócio. Sair desse meu imobilismo. Te juro.

Franco da Rocha, 23 de outubro de 35.

Ardo. Um velho me encontrou, Josef Neto. Estava bêbado e se dizia médico da última geração que trabalhou no Juquery. Não fui eu quem o encontrou. Foi ele quem me encontrou. Ele me levou semi-inconsciente para uma parte do hospital que magicamente ainda tem alguns leitos funcionando e uma estrutura mínima. Ele diz que a ligação de luz e água é clandestina, pela fábrica de aqui perto. Cidade de tanto rio e represa tem mais é que oferecer água para todos, acho que ele me disse, antes de me dar um banho de esguicho que, não sei como não me partiu todos os ossos.

Ardo, mas estou limpo. Estou longe de recuperar o meu peso. O Josef não é nem um pouco ortodoxo e me dá de comer umas coisas que não entendo muito bem. Mas essa sopa de um verde nauseante e um gosto forte de capim tem me feito recuperar algo de peso. Não consegui ainda sair do hospital, mas confio que dentro de mais alguns dias, já possa fugir e recomeçar as tentativas de contato com a Organização. Enquanto isso organizo a história da Organização, como nunca antes nos permitimos fazer. Conto os detalhes, os princípios, os pequenos sucessos e os grandes fracassos. Se um dia houver um julgamento, finalmente haverá material concreto. Não é todo dia que uma palavra se destroi.

Tinha vontade de lhe dizer que agora me sinto de novo forte, foram dias, semanas ou meses sem poder escrever uma carta, mas isso não é verdade completa. Hoje que eu cuspi o comprimido debaixo do travesseiro é que consegui passar a tarde acordado. Lutei como pude para perguntar ao velho que dia era hoje, da semana, do mês e do ano. Anotei lá no alto da carta.

Parece mesmo que o muquirana está me dando alguma coisa forte, parece codeína. Mas que sentido faria? Se ele já me resgatou quase morto... Se quisesse me fazer algum mal, era só esperar eu me acabar. Se for isso mesmo que estou pensando, me deixar contente para poder me torturar depois, então estou na roça para sempre, ainda mais agora que já não tem quem possa me resgatar.

Por outro lado, não tenho como acreditar que isso é verdade. A gente saber que a base de qualquer tratamento é dar um sossega-leão no sujeito, para ele poder desacelerar.

Meus leões querem rugir no fundo de mim. Entretanto, sou isso de inanimado, isso de adormecido, isso de indignado a cada 24 horas se dou conta de suspender a medicação, ainda que fugazmente, quando o velho não encasqueta de me ver engolir e depois inspeciona a extensão da minha boca.

Vou suspender tantas doses quanto sejam necessárias, isso vai me fazer bem, já sei. Tenho um plano, Milena. Um homem com um plano não pode ser um rato. Preciso de fisioterapia para me levantar dessa cama. Mal consigo me mexer daqui.

Frank on the Rocks, 25 de outubro e nem um grito a menos, mil novecentos e nada.

Aquela porra era antipsicótico, isso sim. Só pode ser. Não estaria assim de graça. Mas estou.

Acabou, não foi? Diga. Diga que acabou e eu cimento a tampa do caixão.

Explique que o velho era o neto do Mengele, que já estou imobilizado. Diga mesmo que já confessei. Milena, me diga até que você não tem como me perdoar, porque tem certeza que foi minha delação que os levou a te prenderem. Diga que entre nós não há nada, que foi um erro insistir. Se engane com meu nome na hora de gritar, crie um clima terrível, parta e depois me deixe chorando num canto do quarto do isolamento, na ala psiquiátrica.

Diga que era a hora da luta, não da deserção. Do piso, te direi que acho que a história foi outra, e de que não me esqueço de você ter partido sem contar nada para mim, sem ter deixado um recado, um áudio, nada. Você não me ouve, você me retruca que os amores burgueses estão superados, que os presentes com laço de fita são distrações para não atentarmos à nossa decrepitude. Que estou dizendo bobagens. E vou tentar retrucar. Diga, retrucarei. Mas você insistirá. Nossa fantasia sendo pouca, pouca, nossa fantasia sendo nada. Mas, com a insistência, até parece que pode surgir alguma coisa de um ponto cego. Isso, um ponto cego, onde os atiradores esperam pela hora do abate. De lá pode ressurgir nosso amor, abençoado pelas balas da caçada humana.

Diga, Milena, e desisto de continuar a buscá-la, tempo adiante, tempo atrás. Desisto desse meu jeito de gritar por um tempo que julgo cativo de um demônio febril. Um demônio febril é tudo o que posso ser. É apenas tudo o que posso ser. Demônio febril é a marca da casa caindo sobre meu pescoço outra vez e repetidamente.

Mulher, eles estão vindo. Todos eles. Os algozes. Não vai haver para onde correr. Que cantem os metais, não as vozes. Que venham como puderem, nós não poderemos com eles. Nós, que nunca demos um tiro. Nós, os fracos, os fotógrafos, jornalistas, artistas. De que nos vale resistir cantando, se todo mundo sabe que a gente canta melhor na prisão.

Não há mais um tempo que nos seja seguro. Eles tomaram Constantinopla, a Oca, tomaram a frente de luta, tomaram as nossas costas. Tomaram as florestas e agora atacam nossa linguagem. É preciso uma coragem diversa para matar o que nos mata. É preciso dar-lhes a volta, sussurrar noutra língua até fazê-los acreditar que eles não são todos, que eles não são maioria, que nem são muitos, até fazê-los temer. Ser a sombra em suas casas, a gota de veneno no pacote de bala dos filhos. Aqueles que rondam as suas alamedas. Era isso! Era isso! Mas você partiu, Milena. De um dia para o outro, já não estava lá. Nada restou.

Não importa que me dopem e me deixem no fundo da ala de isolamento. Não importa, escrevo cartas, com papel, com carvão, com fios de pensamento. Reúno o difuso e o faço mensagem, para que possamos seguir. E escrevo a história da Organização, freneticamente, entre delírio e delírio, entre carta e carta, e escondo tudo sob meu colchão. Há de haver um tempo, Milena, passado ou futuro, em que o sem sentido de hoje cobre alguma significação.

Deixe que me torturem, e sei que me torturarão. Não entregarei, não terei entregado, não há nada a ser entregue. O que posso confessar de você, Milena, carrasco nenhum há de saber ouvir. O que é que eu sei de você, afinal? Teria entendido, se soubesse. Um olhar, um código, uma dica. Mas não. Nada. De um dia para o outro, você não estava, partira, e nem sei dizer para onde. O que sei eu, sozinho, no fim das mal feitas contas, de você?

Tempos há em que a verdade sacode, sacode e não deixa um só rato de pé. Esse veneno, a verdade. A gula da verdade da Milícia nunca vai saber ouvi-la. A puta da Milícia vai cavalgar a verdade e não vai entender nada. A verdade. A verdade. A verdade. Esse veneno na boca do governo, que baba lasqueiras e não topa com coisa alguma. Esse governo terá a verdade entre seus lábios crispados e a cuspirá.

Cão sarnento, acho que você nem me perguntará se sei de alguma verdade que haja. Não. Você prefere voar-me ao pescoço ou ao torso, uma patada certeira. Você só acredita na patada precisa que imobiliza a presa. Nem metafísica, nem misticismo nem bagos de boi. Você quer o bicho subjugado, e seu corpo a fremir.

Quando quiserem me comprar... Comprar um fotógrafo!? Um fotógrafo? Comprar um fotógrafo? Um fotógrafo dessa terra imensa, direi: não há imagem, não há representação, não há foto, não há arte que nos una, direi ao ditador. Nada. Fui criado para abolir meu próprio endereço. Sou ave histórica, porém extinta, sempre fazendo a corte na primavera, indistintamente para angelins-pedra, postes de luz e encanamentos de gás, como se o universo fosse fazer nascer o rebento-utensílio-doméstico, o espírito messias e libertador, que bate frutas com iogurte e faz renascer outro mundo menos pior. A minha imensa utopia, Milena, fazer o governo cuspir ou defecar a verdade, e morrer por ela, gangrenado. E depois, gerar um futuro, silencioso, em que nada disso mais fosse eu. Um silêncio de já não ter que te compreender, nem saber da verdade. A verdade, Milena, a verdade.

Natal de 35.

Eles querem a cenourinha do sentido. Eles querem saber o que houve com o louco viajante no tempo, eles querem saber como a história acaba, se o casal acaba junto. Pois escrevo estas linhas para eles também, Milena, porque eles vão ler todas as cartas e não vão entender porra nenhuma. E vão maldizer. E vão clamar pela cenoura do sentido.

A cenoura, Milena, que eles usaram para torturar você. E agora é minha vez. Aparentemente fui preso. Tudo é neblina. Diria que tudo começa com o médico me dizendo em alemão para ficar tranquilo, enquanto a ambulância sacoleja como Jumbo na turbulência da tempestade elétrica. Ele diz que vai me sedar para eu me recuperar da intoxicação. Diz para eu não me preocupar, porque meu sequestrador fora preso e que eu já estava em lugar seguro. A enfermaria era simples, com seis camas, e tudo me levava a crer que ainda estava no Hospital Juquery. Deve ter sido alucinação. Não é possível que toda a minha vida tenha passado a acontecer no hospital.

Devo ter sonhado. Só pode ser. Não acredito que até as voltas mirabolantes da minha vida agora só acontecem dentro deste edifício maldito. Seja como for, não tenho certeza se ainda estou no hospício. Acho que a última carta foi há semanas, mesmo que me esforce. Não sei, tem um lago turvo na minha memória, não sei lembrar o que foi que te escrevi. O médico me entregou papel, papel e canetas esferográficas. Eles querem a verdade, Milena. Vou dar a verdade a eles, eles vão mastigá-la e não vão sentir o sabor, e vão cuspi-la, como se fosse o caroço da última azeitona.

Mesmo dia, mais tarde.

Vejam, boçais! Com o bloco entre as mãos, essa caneta que pesa miseravelmente, tenho a esperança de que se continuar escrevendo vou acabar me lembrando, do futuro e do passado e todos saberão quem são vocês. Afinal vocês me torturam para saber da minha verdade ou para finalmente saberem toda a verdade sobre vocês? Vocês fedem e mataram os índios. Fedem e mataram os pretos. Fedem e mataram todos, até que a vítima nova já era vocês. Escutem agora a verdadeira verdade!
Houve dias em que gente diferente do médico vinha conversar comigo. Afáveis amigos, me garantiam que não era interrogatório, mas só umas curiosidades, para ajudar em minha recuperação. Perguntas para me ajudar, para os ajudar, para nos ajudarmos. Porque somos amigos, eles dizem. O olhar cortês que me dá segurança, que eles cuidam de mim. Sempre a palavra firme, mas suave, que eles me falam em alemão.
Repito sempre o mesmo, o básico: Mein Name ist. Em Franco da Rocha vive-se bem, meu tio morava aqui na época da expansão; porque tinha abandonado o trabalho, decidi vir ver a família. Você sabe, Milena, tudo o que quero é colaborar. Contei da família, dos amores, dos grupos religiosos de que participo, de que tenho horror a participar de agremiação política.
A voz hipnótica de meu Novo amigo parece que sofre de alguma disfunção, e então me pergunta sempre o mesmo, sempre o mesmo, tão repetidamente, sempre inserindo uma nova pergunta, um fato ocorrido aqui ou ali. Hipnótica a

repetição, a variação calculada, sob a voz firme em alemão. Só penso que tem que ser uma coincidência. Ou um interesse tremendo por me confundirem com outra pessoa. Tudo o que quero, você sabe, é poder colaborar. Acredito na busca pela justiça deste país promissor.

Após certo momento, me dei conta de pequenas modulações, para mim muito significativas, ora via que estavam animados, em saber do assunto que eu estava falando. Era o calendário das reuniões do ano passado. Tão curioso eles quererem tanto saber da minha agenda. O arquear de alguma sobrancelha, o discreto esgar, o piscar de olhos mais prolongado. Como são eloquentes os meus novos amigos.

Você há de imaginar minha situação. Vou falar apenas do meu amor por você. Você sabe que não há outro assunto possível. A não ser reafirmar o óbvio de sempre. Que sou inocente. Que somos todos inocentes. Que a inocência nos constitui desde o tempo do Éden.

Mas então, por que estou preso? Por que você fugiu daquele modo? Por que me interrogam com tanta insistência e cortesia? O peso do natal sobre meu peito. Sinto que vou adormecer, sem topar com a raiz da sua rebeldia, mulher indigesta.

O dia seguinte.

Acabo de acordar, realmente não estou mais no hospital. Isso aqui tem que ser uma cela. Isso não pode ser um sonho. Na cela em frente há pelo menos cento e dez cadáveres. Pude contá-los, um a um, num relance. Meu olho agora registra tudo no primeiro momento. É como se eu vivesse agora um estado de transe. Sou clarividente e pude conversar com cada um deles. Cada pica morta que foi alvejada sem se tornar branca.

A justiça bizantina do Estado, enquanto pergunto a cada um deles onde é que queriam estar nesse momento. Poderia te falar de cada um. Quer ouvir? Josef não tem interesse. Ele diz que tombaram aqui no combate, não são os que interessam. Que ele quer saber de verdade dos meus amigos de antes. De antes. Ele repete. Tive vontade de chamá-lo de nostálgico, de exagerado. O olhar que ele me devolveu foi duro mas doce, discordante. Ele é um homem do presente e do futuro. Disse que se eu colaboro, ele fará tudo para mim, será meu anjo de guarda. Sinto quando ele aproxima a bola reluzente, cuja bota me acaricia suavemente a coxa direita. Eu me encolho, me abraço à sua bota e durmo como se fosse o primeiro dia de uma nova vida.

Vor der Kaserne... Vor dem großen Tor... Steht 'ne Laterne... Und steht sie noch davor...Dort wollen wir uns wiederseh'n... Bei der Laterne woll'n wir steh'n... Marlene sussura a meus ouvidos e já me esqueço de mim. Ela me leva a caminhar no deserto marroquino, ela me leva e eu posso finalmente ficar de pé. Esta noite eu vou dançar para você e depois você vai me levar de novo ao nosso esconderijo na mata, onde eles não podem nos ver. Eles são muitos, mas são nada para nós.

Me detive. Und sollte mir ein Leid gescheh'n, wer wird bei der Laterne steh'n?

Agora.

Desperto molhado em minha urina. Marlene não está. Mas Josef tem em mim seus olhos cravados, parece saber tudo o que se passou na véspera. Parece que não há como fugir, Milena (e eu nem sei se te escrevo essas palavras, ou se é você que me lê os pensamentos. Ou é o neto do Mengele que arranca de mim o que sequer pude dizer.) O farol direto em meus olhos. Preciso falar.

Vou te contar umas histórias, eu digo. Eurico, o vidraceiro, preso por posse de maconha. Gilberto M., o pequeno traficante, preso por posse de maconha. Anderson Bonfim dos Santos, desempregado, preso por furto de alguma mercadoria no Jumbo Eletro. Paulo Gomes, preso por perturbação da ordem pública. Tinha uma multidão esperando pela saída deles. Mas a saída nunca mais ocorrerá, porque eles agora são criminosos, porque foram mortos acidentalmente sob a guarda do Estado. São coisas que acontecem, quis dizer ao delegado, ao amigo, para ele não se sentir culpado. Nós zelamos pela lei. Erros acontecem, fazem parte do ofício. Eu concordo.

Você quer saber como foi que me tiraram do hospital? Como me trouxeram diretamente para a cadeia? O boletim médico dizia que o ambiente não era saudável para mim lá, que eu precisava socializar mais, pois minha personalidade indicava que poderia me destruir no isolamento. Foi para o meu bem sair do hospital. Eu concordo.

Então foi recomendada minha prisão, para que pudesse socializar com outros que também estão amargando uma existência de reclusão da vida em sociedade. Foi quando me colocaram nessa cela, mas aparentemente houve algo antes de minha chegada. Tenho me distraído conversando com os pretos mortos – os vivos não fazem muito caso de mim. Eles têm seus afazeres. Eu concordo.

Eurico, o vidraceiro, está esmagado no canto dianteiro. Nu, sua anatomia enreda-se à grade, no canto direito inferior da cela. Parece ter sofrido antes da morte, mas o esgar que faz não sei se se deve a algum esmagamento do crânio ou ao medo que teve ao se deparar com a arma do agente da autoridade. Não posso perguntar mais nada a Eurico. Eu concordo.

Os outros, aparentemente não querem muita conversa comigo. Apenas quer conversar comigo o meu amigo, que começa de novo, pedindo para eu lhe falar meu nome. (Fica tranquila, Milena, porque essa temporada de descanso está sendo revigorante para mim. Todo intelectual devia ter um sabático assim. Isso nos valoriza como gente.)

Josef prove que você é meu anjo. Escreva que, escravo, eu concordarei. Assinarei. Leve o que puder de mim. Que eu concordo e concordarei.

É tudo verdade, dou fé. Concordo.

O mesmo dia. Ou outro dia depois de meia hora de sono.

Foda-se. Amanhã ou, o mais tardar, na semana que vem, despertarei enforcado na cela 215 do Presídio do Lodo. Minha longa língua exibida em sua magnitude, injetada de um sangue que já não circula. As pernas, pensas, assimétricas, deselegantes. Terei deixado um bilhete, escrito com informações, confissões, nenhum arroubo lírico. As autoridades policiais deixarão que me fotografem, para os portais noticiosos, para as redes sociais, para os folhetins criminais, para as redes evangélicas, para o repouso das pessoas de bem, que saberão que aqueles que não observam os preceitos, perecerão como eu.

Amanhã ou, o mais tardar na semana que vem, será tarde demais para mim. Inspetor Guarany já terá uma confissão minha redigida por ele, nos termos que sempre esperou que confessasse, sem os arremedos dessas cartas sem termo que dirijo a você. Para Josef Mengele III serei caso encerrado. Investigação bem-sucedida nos arquivos policiais. Prova de que o crime diminuiu nos últimos anos e de que os malandros aqui não têm vez.

Perseguido, localizado, encarcerado, interrogado e finalmente julgado, no espaço preciso de uns quantos dias. Quem saberá quantos e quais? Apenas eu, que amanhã é dia de morrer suicidado, olhando com as retinas vazias, a pilha de corpos másculos executadas na cela em frente.

Um carcereiro caminha no corredor dos fundos. Suas botas ecoam no chão frio de cimento. Imagino quantas pequenas moedas traz no bolso direito da calça. Um isqueiro se choca contra as rodinhas de estanho cunhadas. Tudo é som e inquietação do fundo do seu bolso. Será que ele traz também uma arma, que vai usar em mim? O cano frio, apenas sugerido, não me deixa adormecer. Tenho medo de não poder terminar a carta decisiva, de ela ser varada antes da hora.

Milena, quem lhe escreve é um homem morto.

Não sei que dia é hoje.

Não quero mais escrever em código, ouviu bem? Aqui me revelo: lidem com isso. Vocês têm uma hipótese sobre mim? Vocês me dão papel para ver se assino minha sentença de morte! Aqui está: já sou um homem morto. Pois façam bom proveito se tiverem capacidade para ler o que um homem pode escrever de si e de outros homens, o que um homem pode escrever a uma mulher, o que pode haver de interação entre humanos, enquanto vocês, ou botam esta folha no escâner, ou ficam pensando sobre o que realmente eu quis dizer. Minha letra é indecifrável, minha alma está morta, minha mente já não atina com as coisas. Se há algo que ainda me move, e cujo nome vocês desconhecem, não será um porra de um scanner de vocês que irá decifrar. Pois lidem com seu fracasso, com sua inteligência artificial capenga, com seus detetives de bosta, com seus come-merdas fracassados.

E então, para me conhecerem, vão precisar abrir a minha cabeça, lacerar meus órgãos internos, deixar um pouco de sangue verter por meus orifícios. Porque a epistemologia do humano sai dos seus buracos corporais sob a forma de fluidos. Então, agora vamos assim: escrevo um par de palavras incômodas ou incompreensíveis e vocês me pagam com sopapos. Vence o desafio quem vociferar de modo mais original.

Agora vamos saber quem lê de verdade essa merda.

Milena, o meu único horizonte no momento é descobrir a fórmula de manter o segredo, de garantir algum sentido ao que se esboroa (o segredo, você sabe.). A carcaça no meio do pátio, nunca recolhida, era de um homem como nós, e é difícil não pensar sobre isso. Foi-se o tempo em que havia intimidação pessoal. Agora o procedimento é fazer com que o mais sutil dos sinais destrua o que resta de sanidade sobre cada um de nós. "Ora, mas aqui não fazemos dessas coisas. Neste país não se tortura. Aqui funcionam as instituições para os que não sejam tão impacientes ou radicais. Esperamos que seja suficientemente claro para você aquilo pelo que luta, porque é o que motiva nossa luta também. Um aplauso coletivo para todos que nos irmanamos nessa tarefa".

Não vão precisar censurar ou monitorar você. Sua carcaça é propriedade do frigorífico, você é a salsicha dos que virão.

Todos amamos a clareza. Nossa filha há de se chamar Clareza Solar.

Duas mil horas depois.

Tenho medo, Milena. Meu corpo sujo em cima desse chão. Do lado, uma latrina. Pelo menos estou sozinho. Tenho medo dos outros, sejam ou não amigos da adolescência. O futuro não precisava ser tão igual a tudo. Temer a morte pelas balas do Estado, depois de haver esquivado as doenças e de ter alcançado a longevidade plena, nesse quase século e meio de vida, não é proposta de vida que chegue a me estimular. Mas tenho certeza de que hoje eles virão, para me levar daqui: uma bala bem posta na cabeça ou, antes, um enforcamento, como já disse. E essas cartas escritas não vão servir para nada. Não haverá mais cartas além do meu depoimento e da minha declaração, que vão sair das entranhas deles, a carta branca para me queimarem vivo.

Por que não colaboro? Por que não escrevo eu mesmo? Assino com sangue, uma declaração grandiloquente. Ou me arrebento eu mesmo a cabeça contra as grades. Se eles querem um corpo, há de ser um corpo ensanguentado, enquanto planejam o próximo passo. Não. Hão de me digerir com seus próprios caldos.

Se pudesse, senhor delegado, escrever nas entrelinhas toda a verdade, que o senhor visse, mas nunca reconhecesse. Ah, se pudesse, nem a morte haveria de me vencer. Repito, a quem interessar possa, não vou confessar nada. Não tenho nada a confessar, a temer nem a ocultar. Sou o homem transparente. As reuniões de que participei são reuniões das quais qualquer pessoa participaria no tempo em que a cultura era permitida e as novas obras não precisavam passar pelo Comitê da Igreja. Era no tempo de eu menino. A leitura e o sexo, o cinema e o amor, o passeio por entre os livros, tudo era permitido. Sei que já houve um tempo assim. Antes da Grande Censura. Confessem vocês, se quiserem. Confessem.

Tinha sangue na minha cabeça quando acordei, corria lava do topo da minha mente. Uma seringa jazia ao pé de mim. Do teto jaziam pessoas penduradas que sangravam como presunto cru. Penso em sua odisseia, Marighella, penso no seu corpo no fusca. O país já havia acabado como possibilidade naquele dia em que você foi morto? Ou era preciso esperar mais umas quantas décadas? Hoje somos os agentes do vinagre eterno e de toda a desambição. Não há para onde correr e o bicarbonato não nos basta. A sua odisseia, Marighella, foi morrer gloriosamente para virar vilão de programa de rádio de jornalista isento que compara os excessos de Mussolini aos de Charles Chaplin, tudo em nome do equilíbrio e da temperança. Minhas fotos não salvaram ninguém.

Reclamava da minha aldeia quando um acadêmico, desses que dedicam meia hora a discutir se o matiz da afirmação do douto ministro mandando a jornalista tomar no cu, enquanto estamos sob a mesma mira. A democracia acabou. O acadêmico terminou seu artigo com diligência e elegância. E o edifício tombou em ruínas antes que ele o pudesse publicar.

Enquanto isso o agente da lei avança com sua nova seringa, com sua nova arma, com seus novos tiros e com seu mandado forjado pelo Inspetor Guarany. Nada há de vingar nessa terra. E tenho medo até mesmo de mim. Milena, continuarei morrendo pelas noites a fio, não sou mais o dono de mim e tudo vacila por dentro.

Não confessarei.
Confessem eles.

Os dias não têm nome.

Antonia se aproxima, mulher jovem, seus olhos de fera perscrutam o horizonte calcinante e não veem o mar. Sua vida segue até meados de 1907, quando nasci. Se é que nasci. Se é que era 1907. Digamos que sim. Ela não me verá muito mais do que nascer. Frases interrompidas a levarão ao colapso, ao calabouço, ou será o contrário. Eu que não a vi me ver crescer. Eu que soube do fim da estrada, mas apenas agora, depois da injeção do carcereiro, que me faz retroceder ao momento da perda, foi que entendi.

O momento em que eu mal era nascido. Espocam as luzes na minha cara lívida. Abrir os olhos e mirar a luz. Fazer o corpo despertar, livrar-se do veneno e acreditar em só mais um dia de sanidade. Não tenho nada a confessar. Não tenho nada a confessar. Não sei o dia em que Milena decidiu mandar nas entrelinhas do Kafka um verso mais subversivo. Não sei o dia em que o ser judeu se tornou mais que contingência, um perigo. Não sei exatamente como faremos outra vez para reparar nossa rede. Como buscar de novo os que se extraviaram, seduzidos pela promessa fácil de nunca mais pensar.

A dor que aperta as juntas, o cheiro de urina na cela que impregna qualquer lembrança desejada. Tudo resiste à ampola. Ninguém segura a mão de ninguém. Ninguém se solidariza. Júlio César desistiu de mim. Ninguém resiste a nada. Toda luta é vã. Embora não tenha nada a confessar, mesmo assim, não confesso. Os corpos estão tombando por toda parte. Há medo nas alamedas, mas ele é sufocado por um grito esganiçado e uma respiração ofegante. Meus companheiros partiram, mas sei que estão de campana, aguardando eu ser libertado. Quem são meus companheiros? Isso você quer saber? Lua Morena, Flora Polar, Aurora Boreal, Raio Soturno, Catalepsia e Vento Vadio.

Milena não existe. Clareza Solar ainda não nasceu. Ela nunca me entregou e eu nunca a entregaria. A luta política nunca pode ser um crime. Agarrar-lhe pelo pescoço aquele que nos tira o ar não pode ser um crime. Destruir o capital, distribuir o capital, agarrar-se aos para-choques, montar nos capôs, nada pode ser um crime. As barricadas para a luta. "A retroescavadeira do coronel estava de que lado?", pergunta-me o Inspetor Guarany, enquanto é delicadamente enrabado por Josef Mengele III. Disse que jamais irei confessar coisa alguma. Confessem eles.

Minha vida é uma alucinação. Nada pode ser salvo ao olhar que arrebenta minhas sinapses. Tanta dor nos testículos, tem um rato que me persegue pela cela. Tem um rato que me persegue pelos sonhos. Tem um rato que me olha do fundo dos tempos e esse rato é o meu presidente. Tem uma praga que avizinha, potente, com a promessa de tudo endireitar, tudo endireitar, tudo endireitar. Eu, torto, cabeça a prêmio e os pés a pino, resisto sem me cagar. Confessem eles. Morro com as entranhas à mostra, legista nenhum há de tirar de mim um código. Confessem eles, insisto. Essa sala vai ficando pequena demais para todo um país.

Cada voz insiste sobre minha memória da pedra, minha memória das tardes de 1980 no apartamento do Movimento, perto da Praça da Sé. Benjamin Constant, 166, subsolo. Fazemos fotocópias, cópias heliográficas, digitamos cartões de visita e ainda editamos poesia. Um dia havemos de nos encontrar aqui.

O que você quer afinal que eu confesse? O meu medo de ser como você? O medo de que o seu país vingue para sempre e eu seja o pária que navega no esgoto ante o olhar horrorizado da família de bem? Venha tempestade, meteoro, potências infernais, que tudo é melhor que a promessa que você tem para mim. Venha, caos, nuvem de gafanhotos, pestes incuráveis, venha que não sobra outra se não implodir. Implodir. Implodir.

Mas você não me mata, o seu veneno me nutre. Minha arma continua carregada com uma só bala, para não ser usada antes do dia final. E não há o dia final. Tudo é permanência e dor. Meu cheiro me dá náuseas, meu sangue é o que tenho de mais vivo antes de se perder no lodo que tenho na pele.

Não sei a resposta do que você me pergunta. Em tempo algum eu sei. Em tempo algum. O que você diz é o desdobramento dos mesmos julgamentos dos séculos passados. Quer que eu reze sobre a Bíblia? Que jure fidelidade absoluta ao Cavalgadura que nos governa? Cavalgadura não existe. Vocês são uma manada de bestas de carga. Quer um silêncio arrependido, um ato de contrição, o que é que você quer? Nomes?

Como alguém pode pedir nomes tão avançado o século vinte e um? Não sabe, afinal, que os nomem se equivalem, que se acabaram os nomes, que tudo é um código para ser reprogramado? Um arquivo pessoal para ser exposto ou minimamente ameaçado com chantagem. Não bastaria isso, meu chapa? Meu brother. Meu desigual? Não bastaria você ter alguma consciência de classe? Mas não. Você quer ser duro, você quer ser soco, não murmúrio. Você quer ser o homem das certezas que pisa com botas o chão encerado e deixa a marca do seu pé.

Quer mudar o jogo? Quer que eu confesse quem é você? Olhando as meninas na saída da escola. Sim, as impúberes, as crianças virgens, pois é só com elas e com força bruta que você consegue se prevalecer. Não vou te atacar. Tudo se parte a meu passo. E não posso nem mesmo falar o contrário do que você espera de mim? Porque já não sou homem. Isso é o que sou. Um rastro.

Não vou confessar nada. Confessem vocês.

Nesse dia tão especial

Milena, acordo no leito fofo e límpido da enfermaria. Meu corpo todo é um fardo de carne moída para as almôndegas da sexta-feira. Devo ter uns dias de sossego porque devo ter chegado perto de sucumbir. Esta carta que te escrevo é uma carta solar. Escrevo com Clareza Solar, para aproveitarmos esse momento tão bom, que antecipa nosso reencontro.

Escrevo esta carta a você, mas também para o meu querido amigo da triagem. A carta nunca chega a seu destino. Jacques Lacan que se foda. Leitura de fotógrafo é Roland Barthes e tenho dito. Se é isso mesmo, vai ter outro a saber do nosso amor. O querido agente Agulha, que cuidadosamente vai retirar a cola dos envelopes, espero, investindo cirúrgico contra a inteireza rubra dos fechos e se dedicar a bisbilhotar as entrelinhas que não poderá entender.

O amor do agente Agulha é mais intenso que o meu. Ele investe sobre minhas palavras com a fúria de me tomar inteiro, voraz como o macho querendo se fazer cordeiro. Ele busca em cada palavra que falo a confirmação da mensagem, de tal modo que, me pergunto: será que ele resistiria compreender?

E você, Milena, objeto de tanto amor, será que me lê com tanto afeto com o agente Agulha? Hoje em dia, já desconfio que não. Não há paixão mais arrebatadora que a do investigador. Seus olhos injetados sobre a palavra mais cotidiana e insípida, transformando tudo em aventura potencial, em mensagem secreta, em épico desejo de revolução.

Como queria ser a mente brilhante que vê em mim o agente Agulha, agora que meu corpo já se sente fraco e já não resiste em mim qualquer esperança, qualquer desejo, qualquer esperança nem qualquer ilusão. É só tristeza e desalento o que habita em mim. O agente Agulha é o mais puro, o mais íntegro, o mais perfeito entre os homens.

Para celebrar nosso amor a três é que dedico estas linhas a esse homem intrépido. Agente Agulha, mon amour. Quem sabe ele não se anima a vir me interrogar ao fim desta semana de rescaldo.

Abraços aos dois. Mas o mais carinhoso é para ele.

Um dia insabido

Começam os piores tempos. E eles não voltaram mais. Não consigo entender. Devem ser muitos dias que passaram. Que não voltaram mais. O silêncio que invade a cela é feroz. Nenhuma máquina a operar, nenhum outro detento a um raio de muitos cem metros. Sou o último e o único preso, e isso é tudo o que posso crer. Ou a Terra estará já tão vazia que é possível oferecer um sanatório, um presídio interior inteiro para um homem só. Ou talvez seja eu mesmo quem foi desterrado para lá do abismo que separa o Mundo de outros Mundos. Fico pensando se a Peste voltou. Se já estão todos mortos e eu, por artes de um destino sádico, não fiquei preservado, incólume, no deserto de Franco da Rocha. Podia ter morrido moído nas rodas do carro do capeta, mas não, foi ainda pior. Sobrevivi a Getúlio, Mengele, Guarany e Agulha, só para contemplar o que sobra quando tudo passou. Não veio ninguém. A quarentena dos mortos. Não sobrou rastro de ninguém. Nem o presidente falando mentiras. Nem o empresário vendendo mordomias. Nem o pastor oferecendo o impossível em troca do metal. Nem a musa bailando sob um céu de beleza e radiação. Nem a padeira sem gás. Nem o órfão faminto. Nem a tradutora sem mais leitores em nenhuma língua. Nem a farmácia sem clientes. Nem o torturador, sede de sangue, para assustar meu pescoço. Nem o Estado assassino para me estuprar. Nem o ocaso às seis da tarde. Nem a escuridão assustadora. Não sobrou nada. Nem um poema mal escrito. Nem um poema salvador. Nem o luxo nem a promessa de vida. Nem as pragas do Egito. Nem o suicida se lançando sob o vão da escada. Nem os degraus da subida. Nem o rangido de qualquer pinguela. Nem a mágoa pelo que foi perdido. Nem a morte sofrida de um filho. Nem o gesto de perdão. Nem o sufocamento do medo. Não sobrou nada. Não sobrou ninguém. Nem um rastro de predador. Nem um ovo em meio aos incêndios. O grande medo passou. A grande esperança. Os pequenos atalhos se interrompem antes mesmo de começar. Essa tortura de não poder nem imaginar mais. Isso que corta minha garganta por dentro. Esse não poder desejar nem o dia de ontem. Esse não se lembrar de ter tido nunca uma visita. Esse não saber de mais coisa alguma. Esse desfazimento. Duro como o dia que não começa e que nunca terminará.

Segundo dia.

Estranho. Não voltou ninguém aqui. Há dias espero interrogatório e tortura e não veio mesmo ninguém. Sofro com a espera, mas sobretudo estranho essa desistência. Não sei o que houve do lado de fora. Tanta cortesia e silêncio me inquietam.

Esta noite, para coroar meu susto nesta calmaria, é que sonhei com o primeiro dia em que ia me encontrar na prisão. Não esta, a real e feita de ressentimento e tempo. A outra, a idealizada. Lá era refúgio e alento para o mundo insuportável, para o movimento incessante das coisas. Meu claustro para em paz poder pensar nos muitos momentos de vida. Fazer um projeto, fazer um laboratório subterrâneo de revelação, fazer fotocolagens, escrever um livro infinito só de lembranças e expectativas de infinitas gentes que ficaram presas. Estar preso era ter e ler e ser todos os livros – escritos e de existência potencial.

Até que o dia em que me chegava o mandado de prisão, ou antes, no dia em que me buscavam no meio da noite, encapuçado, tudo se tornou medo, ratos, sevícias, agressões. Queria uma prisão de tempo completo, com copos de água e com Macintosh, com frigobar, com massageadores, com tintas, mas não. O calabouço se impôs sobre meus olhos velados. A sede primordial. Um inferno.

Inferno tão distinto deste deserto de agora. Agora já nem os torturadores, nem os espiões, nem os investigadores, nem o Estado querem saber de mim. Não sei o que houve para todos terem partido e me deixado na cela pequena e sem nada, vazia de qualquer saudade. Não tem nem mais o médico velho e ébrio que me trazia os psicotrópicos. Nem o Josef Mengele veio mais me ver.

Ninguém me desejando confessar os nossos muitos sonhos e projetos de transformar o mundo inteiro. Até os traços de seu olho e de seu corpo, Milena, vão se apagando na minha memória afetada. Não sei se você me reconheceria ao me ver. Já sou um homem despossuído de minha imagem. Sou o contrário da fúria que um dia fui e não tardo a ir me esfarelando até os ossos.

Será que chegou mesmo a Peste neste mundo errado? A Peste que atingiu a todos quando tempo custa a vir me arrebatar? Qualquer coisa há de ser melhor que o silêncio súbito da prisão. O silêncio sem nem mesmo um grito que o possa sufocar. A minha voz para sempre cortada. A mudez que não sai de mim, a palavra que não se dá nem com gestos, nem com folhas preenchidas, porque tudo isso que escrevo esmaece ao longo da página, como se nunca estivesse estado aí. Essa coisa alguma que tudo que vem de mim se tornou me afeta demais. Não sei quanto posso resistir à inexistência a que agora me submetem. Espero que no horizonte venha alguém, o pior delegado, o pior soldado que seja, mas que venha alguém. Até mesmo um padre me serviria hoje, de quem ouviria as litanias cachorras de uma verdade inatual. Um padre que mostrasse pastores, ovelhas, campos e deuses numa pintura anacrônica e pastoril. Qualquer latrocida me distrairia, lutando para destruir as vidas. Qualquer presidente golpista com um plano de tomar para si um Estado. Mas nem isso. Nem o empresário com seus dotes para vender garrafas vazias ao hospital. Os dias e semanas e meses são de aridez infinita, e nem um deserto tenho para caminhar. Meu vazio carente de nadas. Minha fome sem termo. Meu erro sem nem castigos que me distraiam. Vivo o esquecimento de um Alzheimer absoluto, em que ninguém vem ao menos me olhar a cara. Permaneço no caixão, insepulto e sem pregos.

Mas não. A prisão era outra, não esta, insisto. Não era nada disso que ia dizer. Descobria, no sonho, que a prisão ia ser meu corpo, do qual iriam dispor tantos quantos estivessem compartilhando o espaço. Que haveria violência e fúria, própria e alheia. Que estar preso era matar e morrer, simultaneamente. Que não havia paz. Que a paz era uma mentira dos outros. Que as grades arrebentariam tudo quando fosse possível se projetar para além delas. Por isso eu temia, Milena. Apenas por isso.

Dia das visitas.

Finalmente chegou o dia de nos vermos, Milena. Desço preocupado do bonde em busca de você. O chão está malhado de furos, de escarpas, de barrancos. O chão está quebrado como se nenhuma engenharia pudesse conter os passos das pessoas. Procuro em torno não o destino, não um rumo, mas só uma superfície ao menos em que seja possível pisar. Tento me apoiar na balaustrada que, de repente, se confunde com a alavanca da máquina de nos descompor: azul e cromada, em muito melhor estado do que todo o resto da cidade. A imponente máquina de manivelas, polias e alavancas que sabem mimetizar-se na paisagem urbana. Pressinto que basta eu me apoiar do modo mais desatento para a engenhoca me tragar para dentro de si, ou antes, me ejetar ao furo de todas as coisas. Vou me voltar sobre meus passos, vou seguir pelos rastros de alguma urbanidade. Pé antepé, até o retorno ao ponto exato em que saltara do bonde. Passo ritmado para descer a escadaria e entrar na brecha da porta que dá para o edifício antigo. Nesse edifício, onde já funcionara um banco público do meu país, e onde agora espectros em fila seguem a rotina da eficiência na coreografia que passou a ser utilizada para o desalento, é nele que entro. Cruzo o grande corredor vazio e vejo apenas umas poucas sombras passando produtivas, ligeiras, rumo ao cofre, e do cofre ao incinerador. Conscienciosos, metem fardos de dinheiro na contadora de notas, que revela o valor total de cédulas para que outro companheiro do ofício possa dar prosseguimento ao ritual, de converter valor em chama. O fumo rola grosso céu acima.

Avanço, hoje não preciso de dinheiro para nada, estranhamente não preciso de dinheiro para coisa alguma. Avanço, dizia, sem encontrar, e ao fundo do corredor novamente está a porta de saída para a rua dos fundos. O quarteirão inteiro vencido entre espectros. Milena, sei que você há de estar do outro lado da rua dos fundos. Isso é tão esperado de você: me esperar não no lugar combinado, mas na rua dos fundos do banco fechado, apenas para me surpreender. Acho bonita a piada e caminho para ir lhe ver. Abre-se a porta ante minha chegada. Não a porta moderna, ou a giratória do século vinte, ou a ponte pênsil dos castelos de antanho. Não. A porta de madeira de lei, que ficaria bem em qualquer século, que se oferece à minha passagem até meu passo ser de novo interrompido por uma mulher. Outra, não você. Outra, calças compridas e uma blusa discreta e encarnada. Ela me olha com olhar impassível. A interrogação toda sai do meu vacilo, do meu caminhar indeciso, porque não era soldado e nem era polícia quem me detinha. A mulher de olhar impossível, quase condescendente, mas indisposta a mudar o que quer que fosse da sentença que já proferira contra mim nalgum outro tribunal. A mulher, colocando-se estaca diante de minha passagem. Detrás dela, então, é que avisto as lápides baixas do sóbrio cemitério: tem cruzes, mas não santos, o mármore não é acompanhado de flores ou frases. A linguagem se suspendeu no jardim dos cadáveres. O olho castanho esverdeado da minha anfitriã não sorri e não nega nada sobre como continua o passeio. Uma cova aberta reservada para o cliente número mil, cem mil ou um milhão. Não sei. O cemitério tem a extensão do meu alcance ocular. Nenhuma das perguntas, torpemente calculadas, merece resposta ou mesmo um muxoxo da anfitriã. A falta de um ditame definitivo, de uma sentença a que eu pudesse, mesmo que atabalhoadamente, recorrer, me deixa numa sinuca insolúvel. Apelo, ato contínuo, ao grito, ao que se pode reclamar quando já se foi destituído de tudo o que garantia alguma condição de respeitabilidade, convívio em sociedade e possivelmente um perfil numa rede social. Não mais. Choro grosso e sentido, porque já não há nada a fazer. Ela não me questionava, ou fuzilava ou inquiria. Ela apenas sorria, e sua impassibilidade me embalsamava e maquiava para o enterro de dentro de alguns minutos mais.

Acordei há pouco gritando, porque era a desgraça ser visitado por ela e não ter nenhum bom argumento para seguir vivendo, Milena, nenhum. Então, me sentei nesta cama, ou nesse leito, Milena, para te escrever essa carta, porque no sonho você não aparecia mesmo. Agora que cheguei ao fim do relato, sei que poderei dormir outra vez, em paz.

Meu celular do futuro está em chamas, como o asteroide que entra em chamas na atmosfera da Terra. Vou ter mesmo que ir para a rua te ver, como em qualquer dia de 1998 quando nos farejávamos com pagers e fichas telefônicas. O celular soltando os últimos fios de fumaça, e eu sem saber já como me mover pelas ruas sem levá-lo – tudo isso me adia a saída porta afora. Levo um mapa? Faço um roteiro e escrevo numa... folha de papel? Nem sei se tenho lápis. Talvez um guardado, para algum dia mostrar para os filhos. Clareza Solar. Nem sei mais como caligrafar tantas letras. Sinto-me torpe, mas consigo preparar um esquema. Tateio o bolso para ver se tenho fichas para ligar a você. Se tenho dinheiro ou passe para o ônibus. O celular já não queima tanto. Mas minha cabeça vai a mil.

Lembro-me da última sessão de psicanálise, seria dia de falar de minhas origens? Jogo comida estragada no lixo de casa. Frutas malcheirosas, tomates liquefeitos, tudo o que já não pode ser comido. Estou mesmo satisfeito com minha origem? E seu eu fosse filho de outros?, me diz a psicanalista. Respondo que estou satisfeito. O sonho diz outra coisa, ela retruca. Mas não estou disposto a dissentir novamente. Na análise, a gente cala a boca para não tomar uma porrada ainda maior. Basta.

Devo sair para a rua, onde as pessoas estão todas frenéticas, porque é sexta de noite, porque é sábado de manhã, porque é feriado de novo, porque é dia de trabalhar, porque as pessoas nunca nunca se detêm e o mundo lá fora é uma tremenda agitação. A gente sabe que nunca deve mesmo parar. Vamos fazer as postagens todas dizendo o quanto somos felizes. Mas não tenho mensageadores, então vou guardar minha felicidade para você, quando eu lhe encontrar. Cruzo a soleira da porta, caminho entre a grama crescida do jardim em frente e toco no portão, para sentir de novo o barulho dos carros.

Mal cruzo o portão e me deparo com ela, de novo. A mulher de vermelho outra vez veio me receber. À luz do dia agora digo: vai embora, não tem ninguém aí. A casa está vazia. Você não tem o direito de vir aqui. E grito para ela ir embora agora mesmo, porque não vou poder admitir de novo que ela se apodere de mim, de minhas duas ou três esperanças, que ninguém tem o direito de fazer aquilo. Sai daqui, rainha das catacumbas, me deixa na minha mediocridade, que foi o máximo que pude conquistar. Some da minha frente, some. Que não quero saber de você. Não encosta em mim! Não encosta, senão... Ela impassível, me olha, sorri como sempre. E desta vez me dá as costas.

Vejo que a loucura outra vez se apodera de mim. E enquanto vou acordando, entendo que ter vivido quase duzentos anos não é motivo para deixar de sentir medo. O espectro da velha sorridente ainda está vivo e presente, enquanto te escrevo, Milena. Embora minhas mãos ainda tremam, sinto que tenho a desenvoltura dos calígrafos medievais, sem a torpeza do homem que fui no sonho, mas com o medo completo da morte que me agita a alma inteira.

Não é possível sair daqui. Mas vou, juro, assim que esse sono infinito passar. Me levanto amanhã mesmo rumo ao que já sabemos. Basta.

Franco da Rocha, nenhum dia.

O vento nas bananeiras.

O primeiro dia.

Aconteceu. Finalmente. Não sei mais como chamar: tive alta, fugi, fui libertado, me expulsaram. Acordei e tinha um bilhete ao lado da minha cama: o senhor deve deixar as nossas dependências na manhã de hoje. Não tinha assinatura, não tinha papel timbrado, não tinha nada. Quando acordei e vi o cartão sobre o criado mudo, entendi que já era a hora de partir. Não havia mais nenhum dreno, sonda ou qualquer outro penduricalho ligado a meu corpo. E me senti forte o bastante para me levantar e me mexer por mim mesmo.
Engano besta. Caí como um invertebrado. Minhas coxas têm a espessura da minha antiga panturrilha. Não pareço dispor de osso e já não pareço dispor de carne. Quando me olhei no espelho percebi que estou careca. Se eu pesar 45 quilos será muito. Não consegui achar minha roupa e fiquei com o avental do Juquery mesmo. Se tivesse achado minhas calças não serviriam para nada. Aparentemente toda a minha vida foi zerada e eu não tive nem uma recepção para passar, onde pudesse pegar minhas coisas. Coisas. Uma carteira com qualquer bobagem que falasse sobre mim. Zerado. Vou precisar retomar dos primeiros anos: triciclo, caminhar ereto, bicicleta, viatura privada...
Um cheiro pestilento me faz cheirar minhas axilas. Não, não sou eu que rescindo a carne podre. Me agarro para me apoiar no leito, e vou tateando pelas paredes. Um flash outra vez na minha cabeça quer me devolver ao chão. Me deixo tombar numa cadeira da enfermaria. Coração disparado, mas pressão baixa, deve ser alguma variação sobre isso. Tenho vergonha, mas me arrasto até a cadeira de roda que

está no corredor. E com esforço enorme, faço aquela porra ir rangendo rumo à porta.

No saguão do hospital, a luz do dia me cega. Não há ninguém porta afora como não havia porta adentro. Franco da Rocha é deserta como uma cidade devastada por uma catástrofe nuclear. Quanto tempo faz que entrei nesse hospital? Realmente, não me lembro. Viajar no tempo me deixou seriamente avariado. Ser torturado me deixou seriamente avariado. Ser interrogado me deixou seriamente avariado. Minhas frases repetidas.

A primeira forma de vida é um pombo, que passa sem graça pelo céu e pousa na praça. Há quanto tempo não vejo uns olhos, mesmo que uns olhos de bicho? Por que a sensação estranha de que o Josef que me dopava nunca me olhava na cara? Tampouco o pombo me olha. A última forma de vida foi minha cara no espelho embaçado e gasto do banheiro da enfermaria. E não reconheci aquele velho careca que está morrendo solitário e à míngua.

Não tem uma porra de um carro livre do lado de fora. Nenhum ônibus. Nem sei para onde dirigir minha cadeira. As ruas estão perigosamente esburacadas e o cheiro de matadouro tomou a praça, o bairro e até onde minha nasalidade alcança.

O sol queima minha cabeça com seu maçarico infernal. Latejam minhas têmporas e nem sei bem para onde ir. Um feriado de todas as coisas, temperado com o cheiro da carne em decomposição. Mas eu não vejo a carniça em questão. Um cheiro embriagante. Tudo fazia minha cabeça rodar.

Me sinto ridículo escrevendo esta carta a você, em cima de uma cadeira de rodas, num meio-dia de fogo, nesta cidade vazia.

A primeira corrida.

Estou correndo há meia hora e você sabe o que isso significa para mim. Sinto que estou nos melhores treinos para a maratona de Chicago de 1980. Mas, na verdade, estou apenas no meu bairro, num treino leve de cinquenta minutos. As ruas geladas e vazias vão me dando sono. O mesmo circuito de sempre, concentração, repetição. Atenção à passada, ao ritmo. De repente sinto que adormeci.
Nunca havia adormecido correndo, penso. Checo no cronômetro e vejo que se passaram vinte minutos. Vinte minutos em que não sei ao certo o que aconteceu. Tudo indica que continuei correndo. A que velocidade, em que direção, para onde, não posso afirmar. Olho para baixo na rua de casa e vejo que sobem trotando cinco ou seis vacas e um cavalo, em minha direção. De onde a vida rural irrompeu para me assediar na rua de casa, naquelas horas mortas?
Escondo-me detrás do poste, para me proteger, sem deixar de trotar por um só momento. Não quero nenhum chifre vindo atrás de mim, mas também não quero perder o treino. Sobem as vacas, sobe o cavalo, e eu depois disso também subirei, mas pelo outro lado, na rua paralela, para finalmente fechar o treino. Aperto o passo no meu caminho alternativo, faltam agora poucos minutos para o fim.
Ao chegar ao topo da rua, avisto mais uma vez a reunião vacaril. Desta vez noto que há um animal diferente, ainda maior que a maior das vacas, a branca, contra a qual ele investe, furioso. Meus olhos embaralham os contornos da imagem, porque o excesso de pelos claros faz da visão noturna um convite ao engano. Até que o desejo vai se firmando e

distingo a juba que roça sobre os chifres dela: um grande leão branco vê o mundo do alto, enredado ao pescoço da grande vaca branca.

A imprevista sintaxe animal se exibe na crueza daqueles corpos amontoados. Tiro dos shorts um aparelho fotográfico. Os registros como aquele, com ou sem foco, hão de ser únicos. Fotografo e nunca deixo de correr. Nunca. Cavalos, vacas e um leão certamente também vão continuar a correr.

Volto para casa, não reparo no caminho. Mas de maneira certa e contundente, penso que as ruas vão ficando cada vez mais selvagens, mesmo que na imprevista mescla de animais de granja e selva.

Quando acordo sei que é noite, que estou estacionado no mesmo lugar em minha cadeira de rodas, tantos anos depois, que não vieram novos turnos de funcionários, que não passaram ônibus, que não há uma só pessoa que tenha me temido ou se compadecido de mim. Tudo segue enfadonhamente deserto e igual neste recorte pouco representativo do mundo ocidental. Meu bloquinho de notas e eu.

Hoje.

Eu sei, eu podia ter tido uma vida mais interessante. Se tivesse amantes, contatos na Organização, contatos na polícia, uma família numerosa, alguém ia ter vindo me buscar. Se não tivesse perdido você dessa maneira besta, ou você tinha vindo ou tinha mandado me buscar. Passei dez dias inteiros na frente do maldito hospital e não veio ninguém. Nem pipoqueiro passou na frente. Eu, que já estou pouco mais que debilitado, achei que ia morrer nestas ruas esburacadas, sem achar nem água para beber. A primeira presença humana que chegou veio em uma viatura da PM, ontem à noite.

O idiota do guarda queria tudo o que eu, nem de longe, tinha como oferecer: informações de por que eu estar ali, documentos, endereço. Tudo o que nem de longe saberia responder sem me complicar cada vez mais. Tentei responder e percebi que eu emitia apenas uns gemidos, minha boca não respondia nada. Eles me recolheram.

— Quem o senhor está aguardando?

E eu grunhia:

— Não tem...

— O senhor não sabe que não tem mais táxis?

Com dificuldade ainda consegui dizer: em que ano... nós... estamos?

— O senhor pode mostrar seus documentos?

— Não... perdi... tudo.

— Pode informar seu código de pessoa?

— Não... perdi... tudo.

— O senhor sabe que estamos em toque de recolher? Que ninguém pode estar na rua a esta hora?

— Não... perdi... tudo.

— O hospital está desativado há anos. Não tem nada funcionando aí.

— Tava preso aí...

— Se o senhor afirma que estava preso, onde está sua ordem de libertação?

— Não... perdi... tudo.

— Que médico cuidava do senhor?

—Josef... Mengele...

— Vou recolher o senhor para o senhor vir contar umas piadas lá no distrito policial. Quem sabe a gente também não ajuda a curar seu aleijume.

E me recolheram para averiguação. Me colocaram numa cela e estou aqui aguardando algo: uma decisão, um telefone, uma nova tortura, uma execução sumária, um interrogatório ou uma refeição. O que vier vem de bom grado, porque agora sou um caboclo generoso. Já tenho planos, Milena. Fazer amigos na prisão. Sei que nas cadeias talvez ainda haja aquilo de os presos se organizarem para conseguir encaminhar as demandas e ter o sistema de autoproteção. É tudo o que preciso. Uma organização nova para me proteger. Porque a rua agora está de um jeito que não domino e nem entendo mais.

Mas desta vez me deixaram numa solitária, num porão sem janela, colada numa cozinha. Mas aqui também parece não ter mais ninguém. Estranhei o mundo ter dado essa esvaziada desde a última vez em que estive no presente. Fico encabulado, mas dá vontade de perguntar ao delegado, quando ele aparecer, que ano é esse. Já nem desconfio mais. Quem sabe ele me responde? Fico me perguntando, às vezes, se consegui mesmo voltar ao presente.

À noite, na prisão.

O que é melhor em mim é o pior de mim.
Não tem novidade alguma. Tenho as piores respostas para as melhores perguntas. Mas vocês só querem nomes. Querem que eu entregue o chefe, meus contatos e explique como funcionamos. Isso tudo me soa tão velho que acho que voltei demais no tempo na hora da viagem.
Vão me torturar até me arrebentar, cães. Porque o problema é que não conto história repetida. Piora para todos. Podem me arrebentar que não declaro nada, não entrego ninguém. Não delato. Esse teatrinho de me tirar do hospital e me trazer para a delegacia é das coisas mais lugar-comum que já me aconteceu em toda a minha vida.
A única novidade foram as ruas vazias. Os buracos mais à vista do que nunca. A impossibilidade de ir a qualquer lugar.
Só me interessa agora ficar quieto e pensar um pouco em tudo o que fui perdendo, ano a ano nos últimos tempos. Houve quem me dissesse que as coisas já foram melhores. A gente sabe. Não vou entrar em detalhes, porque tudo o que não se faz no bloco de rascunhos da cadeia é entrar em detalhes.
Atravesso seu corpo e sou estilhaçado por sua presença. Sua imagem fractal carcomendo minhas células mais uma vez.
As armas e os barões assinalados eram uns babacas que fundaram as capitanias hereditárias. E desde então tudo permanece semelhante a si mesmo.
Atravesso seu corpo, dizia, e seu corpo é outra vez jovem como nos anos setenta daquele século que aproveitamos juntos. Bastante. Lá não me pegaram. Lá nunca me pegariam,

porque eu sabia fugir, sabia me esconder, sabia dizer as coisas que queria para quem sabia entender. Lá a gente bebia Antarctica com alguma dignidade, para esquecer, para lembrar, para estimular.

Queria guardar a memória do seu corpo na casa sem acabamento, o quintal era mato, não havia nem grama. Eram as plantas de outro tempo, das que já não se cultiva mais. Mas essas imagens me escapam, e me vem no lugar a rua vazia dos últimos dias e você indo embora apressada, sem poder ou querer se despedir. Como eu, se tivesse te visto. Não te vi. Já não tem mais razão de ser aquele momento que suspende os outros. Me pergunto, se sinto falta no presente ou se é um trauma que fica pendurado nas sombras de mim.

Se o grito que sufoco vem da minha garganta de agora ou de minha garganta de sempre. Esse grito que me sai da boca toda vez que um soco me tira o ar, de que tempos vêm? O rastro de seu gemido no fundo da minha orelha. O que passa por meus olhos, o que vem e se ausenta para sempre. O seu silêncio e a sua indiferença nos piores dias. E pior, sua cortesia educada quando estávamos sob o mesmo teto, mas parecia que um de nós já era cadáver. Todas as suas caras me assaltam e passam. Não fala mais sua foto. Sua foto é silêncio no canto do sono. Sua foto junta poeira na minha sala vazia. Nem eu pertenço a meu canto.

Já sabemos. É o fim. Não adianta repetir a pergunta, não adianta me socar, não adianta o pau de arara, que não há em mim um mecanismo que confesse. Que não há um repositório de palavras que se possa compartilhar. Você, quando parte, já estou destroçado por dentro. Foi a melhor estratégia, o melhor método, a melhor bomba para me silenciar. Tirar de mim a razão do verbo.

Aqui, nesse cafofo, não vai ter palavra minha. Aqui sou um corpo que chegou já à deriva. É impossível falar. Não há mais relatos.

O que se insinuaria haver são histórias que eu poderia contar, das histórias novas, em que a gente é interrompido pelo destino no meio da frase, e então pensa que tem que começar capítulo novo. Histórias sem sintaxe. Sem personagens. Sem continuação A rua estava vazia. A mulher estava nua. O homem estava morto. Havia um rato no lugar de sempre e quando me aproximei, ele chamou a polícia. Para explicar que os planos mudaram para sempre. E este de voltar aqui para o calabouço é o plano menos mudado de sempre.

Não fiz as tatuagens. Não fiz o caixa. Não fiz os contatos. Não li os livros essenciais. Não fiz o esquema com a pessoa indicada. Rompi com a célula, e traí, de certa forma, a causa, porque só penso em Milena. Quer me ouvir falar sobre ela? Porque depois que ela foi embora, perdi a objetividade. Quis construir a máquina que, hoje sei, não serve para absolutamente nada, porque a origem vive noutra paragem. A origem não vive no passado. Em qualquer tempo estou batendo contra você como um caminhão sem freio, e meus amigos são todos gente fina, são todos os intelectuais brilhantes que arrumam briga no dia de aceitar a proposta de emprego.

E todas as histórias sobre Milena já foram bem contadas por outra gente que não tropeça na presença, na casa vazia, na coxa roçada reiteradamente por debaixo da mesa, na paixão, na partida e na indiferença. As histórias podem ser melhores, podem ser lineares, podem até emocionar. Não sei história nenhuma, não quero saber nada, não quero contar nada, já disse. Pegue sua cenourinha do sentido e se farte como melhor lhe aprouver.

Milena, por que eles continuam me batendo? Não bastou eu já ter morrido de tantas formas nostálgicas? Precisa me exumar a essa hora da madrugada para me fazer lembrar que a tortura não tem fim?

Cães do caso nunca encerrado. Não sei, não quero saber. Me reservo o direito de me entregar à minha dor. Torçam meus braços, deem choques no meu saco, estalem minhas articulações, pendurem-me no pau de arara. Já foi. Já era.

Não tenho como contar nada. Vocês sabem que não e insistem, porque são apenas animais. Ninguém aqui é radical para cortar essa fome, esse ímpeto, essa voragem de produzir mortos e novas verdades. É a cachaça de vocês.

Já sei que você nunca há de contar comigo para o que quer que seja. Esse trecho em comum entre sua ideia do projeto coletivo, e isso que faço é indício suficiente para saber que nunca tocamos a mesma música.

Sou um falso amor dessa Roma inexistente. E que sempre me derrama para fora de tudo. Não restam mais lugares. Vamos apenas nos despedir nesta noite antes que fechem a alameda dos problemas. Acho mesmo que meu rosto ficou irreconhecível, que já não tenho dentes, que já não abro o olho esquerdo, que verto sangue pelas narinas.

Por que não simplesmente acabar com tudo isso, enquanto a gente toma aquela cerveja antes de ir para a sorveteria?

Sou a minha deriva que olha seu barco partindo dentro.

Sou esse barco que nunca esteve e que sempre passou.

Sou seu naufrágio visto por você enquanto rumo sem velas ao fim.

Caímos nesse mar sem termo, como sempre foi. Como sempre é.

Um lodo vertiginoso me toma e não sei mais como seguir.

Epílogo

Franco da Rocha, 19 de dezembro de 2050.

Meu querido,

feito você, eu te escrevo para além da morte. Essa carta que você nunca lerá. O que não se alcançou no tempo, o que se perdeu no espaço. Não queria nunca que tivessem te pegado. Fugi para não te pegarem. Pensava que você ia conseguir ficar firme, manter a Organização, tocar adiante o que a gente esperava. Já tinha sofrido tanto morando na casa daquele canalha, tanto que você não pode imaginar, e nem e posso ou quero lembrar. Minha alma massacrada dia a dia. Mas ia ficando resistente e mais resistente a cada dia. E falava para mim: só mais um minuto. Só mais um minuto. Só mais um minuto.

Até que chegou um dia em que já não sentia nada. Ele me tocava e é como se fosse o corpo de outra. Até acho que até para ele tudo foi perdendo a graça. Acho que primeiro ele ficava excitado com meu sofrimento, a tal ponto que minha indiferença era uma afronta. Não importava, já tinha decidido que ia aguentar tudo aquilo, então para mim, era só uma mudança no cardápio das atrocidades. Mas a perversão não tem limites, e ele foi investindo com mais força, com mais ferros, com mais fogo. Não quero detalhar nada para você. Não importa. Eu já dei esse depoimento tantas vezes. O que me dói é que também não haverá depois.

Te escrevo porque sei que, entre suas cartas, vou estar mais viva. Nesse mundo de palavras onde você viveu, tantos tempos, em busca de qualquer utopia que nos sustentasse. Agora, enquanto choro, bebo é daquela sua ilusão. Que bonito saber que você pensou em mim. Mesmo extraviado, que bom saber que um tanto de mim ainda estava contigo.

Queria muito ter te avisado antes de fugir. Ter passado uma noite contigo, a última que fosse, para que você não me quisesse mal. Para que você entendesse que tudo o que podia fazer era levar embora comigo aquelas provas e torcer para que o desnorteamento deles fortalecesse uma ação mais incisiva e pontual da Organização. Não sabia que ele já tinha cópia de tudo e que os agentes já estavam todos avisados para ir derrubando cada célula, uma por uma. Quando entendi que era isso, eu me martirizava, achando que iam pensar que eu era uma oportunista, que fugiu na primeira oportunidade, para salvar a própria pele e que nem se ocupou de avisar os companheiros. Como sofri.

E mesmo agora, que retorno, tantos, e não encontro nenhum de vocês vivo, que dor isso me dá. Ser a única sobrevivente não é vitória, é suplício.

A gente naquele tempo não sabia quanto tempo, anos ou décadas, ia durar aquele tormento. Foram quinze anos, meu bem, quinze anos, para você que viveu tantas eternidades no tempo daqueles dias.

Para mim, suplício é isso que segue, nessa volta para casa. Esse tempo que nunca vai passar. Essa dor.

Hoje, precisamente hoje, faz um ano que voltei, e vim aqui de novo ao que restou do hospital, para te escrever aqui esta carta. Aqui mesmo onde achei os seus traços, onde achei num arquivo lacrado com poeira e a gordura do tempo, embrulhadas todas as cartas que você me escrevia e que nunca me mandou.

Meu bem, o que foi que o medo fez com a gente? Quanto roubou de nós o suplício de não poder se ver ou se falar? Em que momento nos roubou o que nos fazia vivos?

Que seja, estar aqui de volta, ter seus escritos diante dos meus olhos, entre minhas mãos, e poder tocar as folhas que seu pavor preencheu, me restituiu algo de vida, mesmo que seja tão pouco.

Quero só te contar uma coisa, uma última coisa. Não fiquei parada, desde que retornei, e logo que consegui encontrar suas cartas, me candidatei para fazer parte da Comissão. Vou te dar as boas notícias que, sabemos, quando chegam assim tão tarde, já não valem nada.

Que seja, foi o que conseguimos ter. Conseguimos fazer com que os depoimentos e testemunhos dos mortos sejam aceitos como provas, todos eles – não importa. Podem ser cartas, diários, reportagens, textos literários ou teatrais. Aquele seu relatório incompleto valeu muito, também as suas cartas para mim. Queria que fossem só nossa, mas ficaram públicas. Espera-se agora que possam recuperar os discos virtuais do Exército da Esmerilhândia, providencialmente avariados no apagão magnético de 2048, quando o fim da guerra se aproximava.

A gente sempre parece que chega tarde demais, quando os ratos já comeram o que tínhamos conquistado. Não importa. Isso foi o que a gente conseguiu desta vez. Achei que você ia gostar de saber.

Sim, usei teu manuscrito para provar que gente como você conseguiu a façanha de se projetar entre os tempos. Fizemos valer que os julgamentos serão retroativos até 1492. Nenhum crime prescreverá. Nenhum.

Posfácio

Manuel da Costa Pinto

A máquina de moer os dias é um "romance epistolar futurista" – o que, de saída, sugere uma incongruência: quem escreverá cartas no futuro, ainda por cima cartas manuscritas num futuro inteiramente digital?

Um dos prodígios da ficção, porém, é criar hipóteses de existência que se tornam não apenas plausíveis, mas decorrências lógicas necessárias a partir do conhecimento pela imaginação da literatura.

O livro de Wilson Alves-Bezerra é ambientado num Brasil distópico, dominado pela Milícia que exerce controle totalitário sobre cada indivíduo, e tem como narrador um missivista que escreve obsessivamente a Milena, destinatária que nunca aparece. Ela é a mulher que o protagonista amou e com quem lutou na Organização, célula de resistência cuja derrota se deu pouco após seu desaparecimento.

Todos os elementos desse quebra-cabeça apocalíptico se juntam aos poucos, entre os espasmos de revolta e os arreganhos de medo das cartas, inicialmente datadas da década de 2030 – e que trazem referências explícitas a clássicos da ficção científica (Jules Verne, H. G. Wells) e ecos implícitos da literatura distópica (George Orwell, Ray Bradbury).

A principal dessas referências é o tema da viagem no tempo: o narrador planeja um retorno ao passado, ao momento da grande Véspera, "dia em que ainda não estava tudo perdido", para tentar reverter a deriva que levou o país ao sistema totalitário no qual ele é obrigado a se esgueirar por periferias de São Paulo que oferecem aquele cenário de decrepitude tecnológica característica da ficção futurista.

Mas, em lugar de uma máquina do tempo como a de Wells, ele se vale de uma possibilidade inexplorada pela psicanálise em seus primórdios: uma associação de hipnose, psicotrópicos e eletrochoques que pode levar o paciente a outra "coordenada espaço-temporal, sem a cela do corpo". Para isso, se refugia no manicômio do Juquery, em Franco da Rocha, e se vale dos escritos de Durval Marcondes (pioneiro da psicanálise no Brasil) e de um discípulo fictício.

Aqui, outro tema literário recorrente – o manuscrito perdido – se conecta a uma dimensão científico-existencial que torna patente a coerência da forma epistolar.

Nesse pesadelo de Brasil, o sujeito tal qual o conhecemos foi aniquilado, transformado num corpo em que a longevidade biológica (o narrador tem mais de cem anos de idade) foi conquistada às custas da memória e, portanto, de um futuro alimentado por utopias. E, num mundo onde até o sexo se transformou em holograma, as milícias digitais nem precisam mais vigiar as ruas e punir os desejos, pois estão todos anestesiados, imersos num presente eterno e repetitivo, hipnotizados pelo tempo morto do entretenimento midiático e de uma política bovina.

O gesto físico de escrever cartas à mão se torna, assim, uma maneira verossímil de escapar ao olhar das ferramentas de vigilância virtual, que não conseguem mais decodificar a caligrafia humana, obsoleta na era do pós-humano – e é na fenda da escrita epistolar que o pária digital criado por Alves-Bezerra narra sua busca clandestina de uma fenda no tempo que nos leva para momentos críticos da história brasileira.

Nas três partes de *A máquina de moer os dias*, esse narrador – que já não se lembra mais de quando nasceu – parte do "cemitério dos vivos" do Juquery (onde encontra o fantasma não nomeado de Lima Barreto) e retrocede sucessivamente aos anos 1980 e ao fatídico 1964. O romance epistolar percorre as dobras da cronologia e se transforma num *Aleph* do desastre brasileiro, que conecta o atentado fracassado do Rio Centro (que parecia o último suspiro da ditadura) à guerrilha do Araguaia e a outros totalitarismos, incluindo o genocídio do Descobrimento.

Em sua viagem psicodélica no tempo, o narrador quer mudar o passado e alterar suas decorrências para salvar Milena (e nós) de Hitler, de Vargas, de Médici, do inominável que governa o país no momento em que este livro é escrito. E, no retorno a seu futuro infernal, entre cadáveres do manicômico e o odor de matadouro das praças, entre nuvens de gafanhotos e quarentenas de mortos-vivos (o tempo interno do romance não está tão distante do cotidiano pandêmico do leitor), ele continua a escrever para Milena – interlocutora invisível com ressonâncias da amada a quem Kafka escrevia cartas igualmente desesperadas (assim como, num relance dessa narrativa em boa parte onírica, surge o espectro de certa Nora, na qual reconhecemos outra célebre destinatária da escrita epistolar, agora de Joyce).

Ao final, o leitor descobrirá o destino ficcional dessa tentativa utópica de "resistir à inexistência", para então descobrir também que Wilson Alves-Bezerra escreveu a primeira distopia da era em que a catástrofe que está sendo arquitetada no Brasil de hoje já se realizou.

Sobre o autor

Wilson Alves-Bezerra (São Paulo, 1977) dedica-se à prosa de ficção, à poesia em prosa, à crítica literária da literatura latino-americana e à tradução literária. No Brasil, publicou *Histórias zoófilas e outras atrocidades* (contos, EdUFSCar/ Oitava Rima, 2013), *Vertigens* (poemas em prosa, Iluminuras, 2015), *O Pau do Brasil* (poemas em prosa, Urutau, 2016 – 5 edições), *Vapor Barato* (romance, Iluminuras, 2018) e *Malangue Malanga* (Poemas em prosa, Iluminuras, 2021). Em Portugal, publicou antologia de seus poemas *Exílio aos olhos, exílio às línguas* (Oca, 2017), as duas edições de *O Pau do Brasil* (Urutau, 2017 e 2019), seu *work in progress* de poemas políticos sobre o Brasil contemporâneo, e *Necromancia Tropical* (Douda Correria, 2021). Organizou com Jefferson Dias a antologia de poesia brasileira contemporânea *Um brasil ainda em chamas* (Contracapa, 2022). Tem ainda obras publicadas no Chile [*Cuentos de amor, memoria y muerte* (contos, LOM, 2018)], na Colômbia [*Catecismo salvaje*, poemas, El Taller Blanco Ediciones, 2021] e em El Salvador [*Selección de poesía*, Secretaría de Cultura de San Salvador, 2021]. Sua literatura traz um singular cruzamento entre experimentações com a linguagem e reflexões sobre o mundo contemporâneo. Seu livro de poemas *Vertigens* ganhou o Prêmio Jabuti em 2016, na categoria "Poesia – Escolha do leitor". Já colaborou como resenhista para alguns veículos do Brasil (O Globo, O Estado de S. Paulo, Cult, Jornal do Brasil, Zero Hora) e do México (El Universal, Contra Réplica). É autor dos seguintes ensaios: *Reverberações da fronteira em Horacio Quiroga* (Humanitas/FAPESP, 2008), publicado no

Uruguai [*Reverberaciones de la frontera en Horacio Quiroga*, Más Quiroga, 2021], *Da clínica do desejo a sua escrita: incidências do pensamento psicanalítico na obra de alguns escritores do Brasil e Caribe* (Mercado de Letras/FAPESP, 2012) e *Páginas latino-americanas – resenhas literárias* (2009-2015) (EdUFSCar/Oficina Raquel, 2016). Como tradutor, foi responsável pela versão de autores latino-americanos como Horacio Quiroga (*Contos da Selva*, *Cartas de um caçador*, *Contos de amor de loucura e de morte*, todos pela Iluminuras), Luis Gusmán (*Pele e Osso*, *Os Outros*, *Hotel Éden*, todos pela Iluminuras) e Alfonsina Storni (*Sou uma selva de raízes vivas*, obra que contou com o apoio da Casa do Tradutor Looren, de Wernetshausen, Suíça). Sua tradução de *Pele e Osso*, de Luis Gusmán, foi finalista do Prêmio Jabuti 2010 na categoria "Melhor tradução literária espanhol-português". É doutor em literatura comparada pela UERJ e mestre em literatura hispano-americana pela USP, onde também se graduou. É professor de Departamento de Letras da UFSCar, onde atua na graduação e na pós-graduação. Este *A máquina de moer os dias* é o segundo livro de uma trilogia que começa com *Vapor Barato* e que ninguém sabe como terminará.